Inhalt

ANFÄNGER

D1925920

Inhalt

FORTGESCHRITTENE

DAS BUCH

Das Handbuch für TV-Junkies und alle, die es werden wollen, erklärt mit brandneuen Texten die Fernsehwelt des Michael „Zapped" Mittermeier. Deutschlands beliebtester Stand-Up Comedian und TV-Experte unternimmt eine aberwitzig-komische Reise durch die „Kanalisation" des Fernsehens. Der detailverliebte Serien-Freak läßt mit haarsträubend sinnlos-genauem Detailwissen von *Bonanza* bis *Raumschiff Enterprise* die Trivialserien ins Alltagsgeschehen brechen und den Alltag in die Mythen, die das Fernsehen schreibt. Kult und Comedy vermischen sich zum TV-Handbuch. „Er zückt sein Skalpell, um Serien zu sezieren und Hauptdarsteller zu häuten – bis zur Kenntlichkeit." (Der Tagesspiegel) *Im Rausch der Kanäle* ist in drei Level mit verschiedenen Härte- und Schwierigkeitsgraden aufgeteilt: Anfänger, Fortgeschrittene und TV-Junkies; das Ganze garniert mit dem „Mittermeier Super TV-Junkie Trivia Quiz". Und als Neuheit: Zappen als Leseprinzip – lassen Sie sich überraschen …

DER AUTOR

Michael Mittermeier, geboren am 3.4.1966 in Dorfen, tritt seit 1987 als Kabarettist und Stand-Up Comedian mit eigenen Solo-Programmen auf Bühnen (in Deutschland, Österreich, Schweiz) und im Fernsehen auf. Er ist regelmäßiger Gast-Comedian in der *Harald Schmidt Show* auf SAT 1 sowie Stamm-Komiker des *Quatsch Comedy Club* auf PRO SIEBEN. 1994 schrieb er seine Magisterarbeit über das Thema „Amerikanische Stand-Up Comedy" (an der Ludwig-Maximilians-Universität München) und ist Fan und Verfechter dieser Form. Die Live-CD seines Erfolgsprogramms „ZAPPED – Ein TV-Junkie knallt durch" verkaufte sich schon mehr als 140000mal und hielt sich 35 Wochen in den deutschen Charts. Dies ist sein erstes Buch – ein Kabelkamikaze im Rausch der Kanäle.

In Zusammenarbeit mit meinem Dream Team Gudrun und Thomas ist dieses TV-Popcorn-Buch erst möglich geworden. Gudrun Allwang ist Sängerin bei verschiedenen Theater- und Musikproduktionen und seit Jahren als Co-Autorin tätig. Thomas Hermanns ist Initiator und Moderator des Quatsch Comedy Club auf PRO SIEBEN und Comedy-Autor. Ich danke auch dem „Rembrandt" aller Grafiker, Dirk Cloos. *(MM)*

ICH hatte das Vergnügen, mit den größten Komikern der Welt zu arbeiten: Danny Kaye, Jerry Lewis, Steve Martin und … Michael Mittermeier.

Der Bursche hat wirklich alles, was einen guten Komiker ausmacht – ein „funny face", eine komische Stimme, tolle Mimik, eine umwerfende Körpersprache und gigantische Ideen. Wie er Menschen, Situationen und last but not least das Fernsehprogramm beobachtet und daraus Comedy macht, ist einfach genial. Und er ist jung. Im Vergleich zu mir sogar sehr jung. Ich prophezeie ihm eine Riesenkarriere.

Comedy machen ist schwierig. Vielleicht waren deshalb fast alle Komiker, die ich kennengelernt habe, sehr schwierige Menschen. Michael ist eine große Ausnahme. Es ist einfach wunderbar, mit ihm zu arbeiten.

Rudi Carrell

Inhalt

TV-JUNKIES

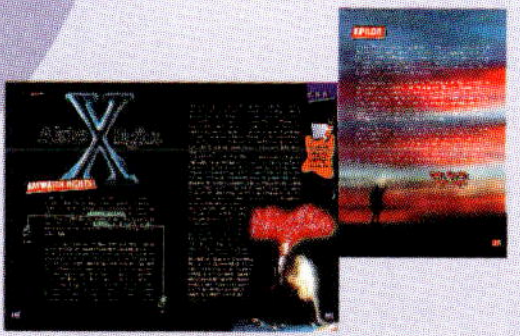

VORWORT

Hi TV-Junkies! Während Ihr diese Zeilen lest, sitze ich wahrscheinlich gerade vor dem Fernseher und ziehe mir eine Folge von *Raumschiff Enterprise* rein. Legt die Fernbedienung eine Weile weg und kommt mit mir mit: „Dies sind die Abenteuer des kleinen Michl, der mit seiner zwei Mann starken Besatzung, Chefmaschinistin Gudrun Allwang und Kommunikationsoffizier Thomas Hermanns, 176 Seiten unterwegs ist, fremde Flimmerwelten zu erforschen, fremde Kanäle ... Michl dringt dabei in Details vor, die keine Sau zuvor gesehen hat!"

Sprechen wir zunächst mal kurz über das Fernseh-Schauen an sich (so sagen wir in Bayern zu „fernsehen"). Seien wir doch mal ehrlich, alle schauen, aber viele geben es heute nicht offen und unverkrampft zu, ohne daß sie noch so einen überflüssigen Nebensatz hinzufügen: „Ich sehe schon fern, aber hauptsächlich natürlich Nachrichten, politische Magazine, Reportagen und Dokumentarfilme, neben den französischen Kunstfilmen auf ARTE!" So ein Käse! In jedem von uns schlummert doch dieser Hang zum Trivialen, diese Sehnsucht nach der Paralysierung der rationalen Gehirnhälfte. Wenn ich gehaltvolle Reportagen will, dann schalte ich die *Sendung mit der Maus* ein. Außerdem ist noch immer nicht die zentrale Frage geklärt: „Macht Fernsehen blöd – oder machen Blöde Fernsehen?" Ganz lieb sind mir die Oberschlauen, die als letztes Argument für die Hochkultur einwerfen, „ja hast du denn überhaupt die Bibel gelesen?" Hey, ich habe die Bibel im Fernsehen <u>gesehen</u>! Und zwar in Farbe!

Im Rausch der Kanäle soll Antworten geben auf Fragen, die sich die meisten schon gestellt haben, aber sich nie trauten auszusprechen. Skeptiker mögen da fragen: „Braucht der posturbane medienverseuchte Mensch wirklich dieses genaue, aber sinnlose TV-Detailwissen?" Aber jetzt mal im Ernst: Sind es nicht diese Tausende von sinnlos schönen, komischen, abstrusen, fehlerhaften oder spannenden Details, wegen denen wir Fernsehen insgesamt und besonders die Serien unserer Kindheit lieben? Sie haben uns damals in eine andere Welt versetzt, denn Fernsehen ist zu schön, um wahr zu sein!

Unsere Serienhelden tun im Fernsehen Dinge, die wir nie könnten oder dürften. Sie erleben für uns Abenteuer und Geschichten, von denen wir nur träumen können. Für nur kurze Zeit weg von der Realität und vom Alltag – ZAPP – und schon reiten wir mit den Männern von der Shilo Ranch durch die Prärie oder fliegen mit dem Raumschiff Enterprise durchs All, immer auf der Suche nach Dingen, die uns zum Lachen, Weinen oder zum Mitfiebern bringen. Und was die Qualität des Fernsehens angeht, sagte schon Spock in der Folge „Kampf um Organia“: (O-Ton) „Nicht einmal die Götter wurden über Nacht erschaffen. Sind wir doch zufrieden mit dem, was wir haben.“

Dieses Handbuch für TV-Junkies erhebt keinen Anspruch auf Vollständigkeit, sondern ist eine ganz persönliche Liebeserklärung an „mein“ Fernsehen einer anderen Zeit, oder wie es Oscar Wilde einmal sagte: „Parodie ist die höchste Form der Schmeichelei.“ Laßt Euch nun entführen in die wunderbare Welt des Fernsehens und genießt den RAUSCH DER KANÄLE!

GEBRAUCHSANWEISUNG

Hier findet Ihr immer wichtige Informationen zum Thema Nr. 1 …

Was wäre das Thema Fernsehen ohne Gebrauchsanweisung – man kauft sich auch nicht einen Fernseher, ohne sich über seine technischen Inhalte zu informieren. Ich muß zugeben, technisch gesehen bin ich nur ein MacGyver für Arme, aber ich kann mich tagelang einschließen, um in akribischer Kleinarbeit japanische Gebrauchsanweisungen für Videorecorder wie ägyptische Hieroglyphen zu entziffern. Wenn ich nur wüßte, wie diese verdammte Kaffeemaschine funktioniert …

Also, hier kommt die Gebrauchsanweisung für dieses Buch:
Das Buch ist grob in drei Level aufgeteilt:
Anfänger ★, Fortgeschrittene ★★ und TV-Junkies ★★★. Jede Stufe bietet verschiedene Härte- und Schwierigkeitsgrade. Auf jedem Level findet Ihr Kapitel zu den verschiedenen TV-Genres, die Rubriken „Meine TV-Helden“, „Geliebte Fernsehgöttin“ und „Ein TV-Junkie sieht rot“, außerdem diverse Specials und Tagebuchnotizen. Nach jedem dieser drei Bereiche müßt Ihr, liebe LeserInnen, eine Prüfung ablegen. Achtung, es gilt: nur bei bestandener Prüfung darf man weiterlesen! Pro nicht beantworteter Frage müßt Ihr zur Strafe eine Folge *Gute Zeiten, schlechte Zeiten* ansehen und danach als Aufbautraining zwei Stunden gutes Fernsehen z.B. *Kobra, übernehmen Sie* oder *Akte X*.

Dieses Buch führt Zappen als Leseprinzip ein, d.h. an vielen Stellen gebe ich Euch mit einem ZAPP-Zeichen Querverweise auf andere Kapitel. Ihr könnt also entweder chronologisch weiterlesen, oder an diesen Stellen jeweils vor- oder zurückzappen. Aber Achtung: Wenn Ihr dabei auf einem höheren Level landet, dürft Ihr nur die gezappte Information aufnehmen – dann zurück, dalli dalli! So sollen manche wichtigen (und auch völlig unwichtigen) Links und Verbindungen zwischen Serien, Darstellern und Handlungen klarer werden. „Das Fernsehen in seiner Gänze ist doch wie ein überdimensionaler Cross Over des Lebens“ (M. Mittermeier – Gedanken zum Sonntag), und nur wer in solchen Dimensionen denkt, wird vollends in die wunderbare Welt des Fernsehens eintauchen. Vor allem aber soll dieses Buch eines: Spaß machen wie ein schöner langer Fernsehabend! Also, good look!

WARNUNG!

Der Gebrauch dieses Buches kann
zu erhöhtem Glücksempfinden führen,
gleichzeitig aber auch zu eventuellem
Verlust von sozialen Kontakten.
Zu Risiken und Nebenwirkungen
fragen Sie Ihren Augenarzt oder
Kabelanbieter.

Kindheit und erstes Flimmern

ICH glaube, *Das Sandmännchen* war die erste mir bewußte Sendung, als ich zum ersten Mal das Licht der Flimmerwelt erblickte – ich bin aber gleich darauf eingeschlafen. Es war ein sanfter Einstieg, und ich finde es wichtig, daß Eltern ihre Kinder richtig an das Fernsehen heranführen. Viele Eltern geraten in Panik bei der Frage: „Wie kann ich mein Kind auf diese sexlüsterne, gewalttätige Welt im Fernsehen vorbereiten?" Es gab einen Fall, da haben die Eltern das mit einer psychologischen Roßkur versucht, indem sie ihr Kind im Alter von acht Jahren auf einem Stuhl vor dem Fernseher festgebunden haben. Dann haben sie ihm die Augenlider mit kleinen Klammern auseinandergezogen, so daß es sie nicht mehr schließen konnte (wohl zuviel *Uhrwerk Orange* angeguckt) und haben es gezwungen, zwanzig Folgen *Die Waltons* zu schauen. Ich liebe *Die Waltons*, aber bei dieser Überdosis (und ohne Klopause) war natürlich klar, daß das Kind so viel Liebe und Familienglück auf einmal nicht verarbeiten konnte und wohl schnell mit neun Jahren zu echten Horror- und Splatterfilmen umsteigen würde. Solch falsche Psycho-Erziehungsmethoden können zu einem tiefen Knacks in der Beziehung zwischen Mensch und Fernseher führen! Zum Beispiel randalierende Rockstars wie Axel Rose von Guns'n'Roses oder Schauspieler Johnny Depp verwüsten regelmäßig Hotelzimmer und werfen dabei immer wieder Fernsehgeräte aus dem Fenster – da wurde sicherlich in der frühen Kindheit viel falsch gemacht!

S. 36

S. 143

Ich dagegen, wie gesagt, wurde sanft an das Medium herangeführt. Schon als Kleinkind wurde ich beispielsweise mit dem Topf vor den Fernseher gesetzt – grasende Rinder auf der „Ponderosa" waren immer sehr verdauungsfördernd (heute ist ja alles keimfrei und modern wie bei der Fixie-Familie), und so manches Kind wird wirklich in Pril gebadet – „Gut zu wissen, daß die mich mal könnten". Ich habe schon als Kind viel vom Fernsehen gelernt, zum Beispiel, wie man mit Ausnahmesituationen umgeht. Im Kindergarten hatte ich noch meine pazifistische Phase und setzte Maßstäbe für friedliche Uno-Apatschen. Bei Raufereien habe ich, wie Winnetou, dem schlagenden fünfjährigen Bleichgesicht nur zugerufen: „Friede, Bruder!" Aber da hätte ich gleich einen auf Jesus machen können, á la „Dann halte ihm auch die rechte Wange hin" – der hat mir meinen Hintern rechts und links versohlt. Aufgrund solch schmerzhafter Erfahrungen

S. 71

S. 41

bin ich schnell in meine Sternenflotten-Phase übergegangen. Ich hatte von *Raumschiff Enterprise* gelernt, mit meinen kleinen Feinden richtig umzugehen: Analysiere sie wie Spock, provoziere sie wie Pille und schlag sie zusammen wie Captain Kirk – dann aufs Dreirad und Warp-Tretfaktor 5, wie Scotty es getan hätte. Was ich bei Raumschiff Enterprise damals schon so toll fand, daß es beim Arzt keine Spritzen gab – Pille bliepte immer mit so einem futuristischen Salzstreuer, und sofort war die Wunde geheilt.

S. 117

S. 139

Ich hatte als Achtjähriger mal eine Phase, da habe ich immer mit Tieren gesprochen, wie ich es aus dem Fernsehen gelernt hatte. Einmal bin ich mit zwei selbstgefangenen Kröten nach Hause gekommen (wirklich wahr) und fühlte mich wie der große Zauberer Catweazle. Ich nannte die Kröten „Külwalda 1 und 2“, denn für mich war die Kröte „Külwalda“ bei *Catweazle* schon damals eines der unterschätztesten Serientiere überhaupt, dabei konnte die sogar zaubern und ihren Meister vor normannischen Häschern warnen. Ich hatte auch keine Vorurteile gegen Amphibien, obwohl Frösche ja kurz vorher etwas ins Gerede gekommen waren, weil in der Serie *Raumpatrouille Orion* die außerirdischen Feinde der Menschen „Frogs“ hießen. Ich habe jedenfalls versucht, das meinen Eltern genau so zu erklären, aber sie haben mir trotzdem verboten, weiterhin mit den Kröten zu sprechen. Heute frage ich mich: Wieso dürfen sich dann zum Beispiel im Fernsehen so viele Menschen öffentlich mit Quäkstimmen wie Arabella unterhalten?

S. 26

S. 119

S. 63

1954 begann das Gemeinschaftsprogramm „Deutsches Fernsehen“ der ARD. Am 1.4.1963 nahm das Zweite Deutsche Fernsehen seinen Sendebetrieb auf.

Meine beiden Kröten mußte ich jedenfalls damals zurück in den Fluß werfen (bei Arabella ist das ja verboten), und meine Eltern haben mir Jahre später folgendes herzzerreißendes Zitat überliefert: „Alle haben ein Haustier, nur ich nicht, buhuhuu!"

S. 59

Als guter TV-Junkie habe ich mir damals auch gewünscht, daß aus meiner Oma eine zweite Miß Marple wird. Deswegen habe ich das Ganze selbst in die Hand genommen, den kleinen Nachbarsjungen entführt und im Heizungskeller eingeschlossen. Dann habe ich meine Oma darauf ansetzen wollen: „Oma, da sind so komische Geräusche im Keller!" Leider las meine Oma immer nur Simmel-Romane und konnte sich nicht adäquat verhalten (nach zwei Tagen habe ich den Fall dann selbst gelöst). Es gibt ja Kinderpsychologen, die halten sogar *Schweinchen Dick* für zu brutal. Ich weiß nicht, ob das Schweinchen Dick und seine Freunde (Roadrunner, Koyote etc.) uns zu Killern erzogen haben. Heute schauen die Kids angeblich harte Serien wie *Power Rangers*, obwohl ich die eigentlich gar nicht so brutal finde, sondern eher etwas merkwürdig: Fünf kleinwüchsige amerikanische College-Kids Möchtegern-Japaner werden in schrillbunt-neonfarbene Ganzkörper-Radlerhosen gesteckt, dann wird denen ein wenig LSD in den Kaffee gemischt, und sie hüpfen rum und kämpfen wie *Hong Kong Pfui* im Balztanz. (Kommt der Ausdruck „Ranger" eigentlich vom Ranger in der Serie *Lassie?*) Kinder reagieren auch heutzutage grundsätzlich ganz anders auf Fernsehen. Damals war es für uns schon cool, wenn das Krümelmonster aus der *Sesamstraße* alle freilaufenden Kekse vernichtete, und heute beschweren sich die Kids, wenn bei *Jurassic Park* erst nach einer Stunde der Typ am Klo

Thema „TV und Gewalt": Eine bekannte Boulevard-Zeitung brachte folgende Schlagzeile auf die Titelseite: „Power Rangers machen Schulhöfe zum Schlachtfeld!"

S. 27

vom Saurier gezweiteilt wird. Natürlich bin ich mir der Problematik um die Gewaltsteigerung in Film und Fernsehen bewußt, und deshalb möchte ich dieses Kapitel beenden mit einem anklagenden Gedicht, das ich im Alter von zwölf Jahren (!) zu diesem Thema geschrieben habe:

Kinderpsychologen haben in Tests rausgefunden: Kindern bleiben meist nur die Szenen aus Film und Fernsehen im Gedächtnis, die ihnen die größte Angst eingejagt haben.

Wenn einer mit Schrot in eine Menschenmenge schießt
Die Mama sich gerade einen Tee eingießt

Ein Killer ist gerade beim Würgen
„Geh, hol mir noch ein Bier, Heinz-Jürgen!"

Auf allen Kanälen tut es splatten
Auch bei „Einsatz in Manhattan"

Wo man sich fragt, wer ist brutaler:
Verbrecher oder coole Kriminaler

Je mehr Action und Blut – desto gut
Das kann sogar die Oma ertragen
Und die hat's mit dem Magen!

Aber gut, ein paar Folgen *Fury* oder *Winnetou* haben meines Wissens noch keinen zum Amokläufer gemacht ... oder zum Dichter.

Von 1955 bis 56 gab es in den USA eine Arzt-Ratgebersendung mit einem Dr. Benjamin Spock, dem bekanntesten Kinderarzt Amerikas.

In einem unbekannten Land ...

MANCHMAL wünsche ich mir diese spielerische Orientierungslosigkeit von Kindern zurück. Was wollten wir nicht alle als Kinder werden: Cowboy, Tarzan, Agent, Stuntman, Held – nicht mal *Grisu der kleine Drache* konnte uns überzeugen, ein anständiger Feuerwehrhauptmann zu werden. Das kleine schwarze Küken Calimero hat viele von uns ja psychisch ziemlich fertig gemacht, denn in jeder Folge war er der Verlierer in der Welt der Erwachsenen, und am Schluß bekam er immer eins auf die Mütze.

Das Credo der Serie *Calimero* war, daß die Schwachen, Kleinen immer die Dummen bleiben werden, auch wenn rundherum ein paar Freunde sagen, „Calimero, es wird schon alles wieder gut".

Ich kann mich noch gut erinnern, daß ich mich einmal, als mir mein Vater DIE Strafe gab – Fernsehverbot –, wie Calimero im Zimmer aufbaute. Die Tränen spritzten aus meinen Augen in alle Richtungen, während ich laut schrie: „Diese himmelschreiende Ungerechtigkeit!" Das Fernsehverbot wurde daraufhin auf zwei Tage erhöht. Ganz toll fand ich als Kind Zeichentrickserien. Bei *Biene Maja* zum Beispiel habe ich gelernt, daß Tiere auch nur Menschen sind, aber nicht so böse Dinge tun. Ich habe immer mitgelitten, wenn Majas tapsiger Bienenfreund Willi Bsss mal wieder keinen Honig fand. Doch siehe da, da sprang auch wieder Grashüpfer Flip ums Blatt, der örtliche Honigdealer, mit dem Slogan: „Hallo, Willi, brauchst du was? Frisch geschlagen!" Von den Farben her ist *Biene Maja* ja eigentlich eher ein LSD-Trip, nicht auszudenken, was passieren könnte, wenn man die Serie unter Drogen ansieht! Ich hatte immer Angst, daß Maja mal einen Menschen sticht und dann elendiglich verreckt ...

S. 156

Mein Idol Wickie hingegen hat mir geholfen zu erkennen, daß sich Kinder in der Welt der Erwachsenen allein durch Cleverness behaupten können. So konnte ich mein „Calimero-Syndrom" überwinden (s. o.). Außerdem hatten die Wickie-Wickinger alle so lustige Namen wie aus der Wasa-Werbung: Snorre, Faxe, Halvar etc. Und Wickie hat eine Kinderlieblingsbeschäftigung zum Kult erhoben: Immer wenn ihm die Nase lief, tat er clever so, als ob er eine Idee hätte, und konnte so an der Nase rumpopeln, ohne deswegen von den Erwachsenen geschimpft zu werden. Und nicht nur das, alle Wikinger riefen noch: „Seht, der Wickie hat eine Idee! Super!" Und Gorn springt in die Höhe: „Ich bin entzüüückt!" Bei mir hat das so nie geklappt, meine Eltern woll-

Snorre bei Wickie hat dieselbe Synchronstimme wie Willi bei Biene Maja.

ten nicht glauben, daß Rotzglocken (so sagt man bei uns in Bayern zu Popel) meinen Ideenreichtum fördern. Der andere Kinderheld, der mit dem Reiben an und für sich Geld verdiente, war Pan Tau. Immer wenn es ein Problem gab, rieb er an seiner Melone, wurde dann ganz klein und sah aus wie eine englische männliche Barbie-Puppe. Alles konnte er mit seiner Melone zaubern. Als ich später zum ersten Mal die englische Krimiserie *Mit Schirm, Charme und Melone* sah, habe ich immer darauf gewartet, daß John Steed schrumpft und mit seiner Melone die Bösen einfach wegzaubert.

S. 103

Das Comic-Fernsehen gab uns Kindern aber auch wichtige Informationen, zum Beispiel ein wenig Hoffnung im Atomzeitalter für eine bessere Welt nach einem nuklearen Krieg, mit der postapokalyptischen Zeichentrickserie *Familie Feuerstein*. Dort zeigten uns Fred und Barny Geröllheimer den täglichen spaßigen Überlebenskampf, falls sich irgendwann mal die Menschheit doch zurück in die Steinzeit gebombt hat – „Yabba dabba doo!" *(Jurassic Park* go home!). Bei der *Sendung mit der Maus* gab es bei uns Kindern immer zwei Fraktionen: Die einen fanden die Sachgeschichten voll interessant, die zweite Fraktion, dazu gehörte ich, stand mehr auf die Lachgeschichten. Mir war es zum Beispiel wirklich egal, wie die Streifen in die Zahnpasta-Tube kommen, Hauptsache, sie waren da. Ich wollte immer nur die Maus- und die Maulwurf-Zeichentrickszenen sehen. Es gab ja später noch so kinderengagierte Nachahmer-Serien wie *Löwenzahn* mit Peter Lustig.

S. 127

Ich möchte dazu nur sagen, ich finde es nicht gut, wenn man gescheiterte Hauptschullehrer zu Kinderpädagogen macht. Da fühlten wir uns damals doch eher zu einem der ganz großen TV-Anarchisten hingezogen: Paulchen Panther. Er war ein Oberanarchist, denn wo er hinkam, richtete er immer rosarotes Chaos an. Sein Verwüstungsfaktor war etwa gleich hoch mit dem des besten Dauerverfolgungspaares *Tom und Jerry* (wollten wir nicht alle mal Dynamit in ein Mäuseloch stecken?). Doch sie alle waren nur Jünger der größten Meister der Zerstörung aller Zeiten: *Dick und Doof* (Stan Laurel und Oliver Hardy). Diese zwei menschlichen Abrißbirnen konnten einfach alles und jeden zerlegen. Und nie hat jemand schöner einen anderen Menschen mit dem Zeigefinger ins Auge gepiekst, als Stan und Ollie bei dem Dauercholeriker und „Knickauge" James Finlayson (erinnert Ihr Euch noch an den Quietschton dabei?) ...

S. 10

Walt Disney hat für uns Kinder von jeher Kult-Zeichentrickfiguren geschaffen: Donald Duck, Mickymaus, Goofy und wie sie alle heißen. Die Schwerpunkte der späteren Disney-Filme haben sich in den 90er Jahren aber dann ein klein wenig verschoben. 1996 lief zum Beispiel im Kino die Disney-Version vom *Glöckner von Notre Dame*. Dieser sogenannte Kinderfilm handelte von Mord, Fremdenhaß und sexueller Gier – also alles, was wir normalerweise von einem guten Walt-Disney-Film erwarten! Wer wollte nicht schon immer mal „Das Dschungelbuch II – die wahre Geschichte" sehen, in dem Mogli dem wassertragenden Mädchen aus Teil I zeigt, was er bei den Wölfen so gelernt hat. Beim *Glöckner von Notre Dame* war ich noch mehr verwirrt, als ich in einer Fernsehzeitschrift (TV Spielfilm) unter einem Bild vom Glöckner und Esmeralda im Glockenturm folgenden Satz las (O-Zitat): „Esmeralda ist die erste Frau, der Quasimodo seine Glocken zeigt." Hä? Und die Verwandlung eines buckligen Glöckners in einen kinderkompatiblen Leinwandhelden hat in dem Film auch nicht so ganz funktioniert – Millionen Kinder saßen im Kino und fingen an zu weinen: „Uäääh Mami, der häßliche bucklige Mann soll weggehen!" Quasimodo mit

Im Herbst 1973 wurde auf eine Initiative der Zeitschrift „Eltern" die Zeichentrickserie *Schweinchen Dick* abgesetzt – wegen angeblich zu großer Brutalität.

seiner platten Nase und seinem runterhängenden, zugeschwollenen Augenlid sah auch wirklich ein bißchen aus wie Axel Schulz (schwillt das bei dem eigentlich nie ab?). In Disney-Zeichentrickfilmen sind die männlichen Hauptdarsteller meist so knollennasige Wichte, die aber immer unheimlich sympathisch und witzig sind. Dabei wissen das heute doch schon die zehnjährigen Buben, daß man mit einem Zinken wie Lieutenant Mike Stone (Karl Malden) aus *Die Straßen von San Francisco* bei den Mädels keine Punkte macht. Da bleibt man der, von dem die hübschen Mädels die Hausaufgaben abschreiben, aber im Freibad legen sie sich so weit wie möglich weg, nach dem Motto „Die Nase kenn' ich nicht". Auch der nächste Disney-Film *Herkules* ist in den Kinos gefloppt, und ich weiß auch warum: Ein muskelbepackter eindimensionaler Bodybuilder mit Til Schweigers Fistelstimme, nur bekleidet mit einem knappen Römerröckchen, ist auch nicht gerade das megacoole Vorbild, nach dem wir Kinder suchen. Deshalb fordere ich: Gebt uns unsere Ente mit dem Matrosenanzug wieder zurück!

S. 165

Mr. Stringer aus Miß Marple hatte dieselbe deutsche Synchronstimme wie Stan Laurel.

MICHEL AUS LÖNNEBERGA

ICH wollte als Kind immer sein wie Michel aus Lönneberga (Jan Ohlsson). Frech und vor allen Dingen derart kreativ im Ausdenken neuer Streiche. Was gab es für Kinder Schöneres, als einen Samstagmorgen mit den Streichen des kleinen Michel zu beginnen? Einmal zieht er seine kleine Schwester Ida (Lena Wisborg) an einer Fahnenstange hoch, um ihr das Nachbardorf Mariannelund zu zeigen. Bitte, liebe Kinder: Try this at home! Mein Lieblings-Streich war aber, als Michel die Hennen und Schweine des Katuld-Hofes und sich selbst mit gegorenen Kirschen fütterte, bis sie alle zusammen sturzbetrunken herumtorkelten. In dem berühmten Walt-Disney-Tierfilm *Die Wüste lebt* gibt es eine ähnliche Besoffenen-Szene mit Affen. Ist das vielleicht der Beweis, daß der Lönneberga Michel heimlich mal in Afrika war? Oder hat da Professor Grzimek heimlich mit Bacardi nachgeholfen? Die wahren Ausmaße von Michels Streichen beschreibt die Magd Lina (Maud Hansson), als die Bewohner des Dorfes sammeln, um Michel nach Amerika zu schicken (O-Ton): „Da stand doch was in der Zeitung über das schreckliche Erdbeben da drüben in Amerika, und da meine ich, das wäre sicher zuviel für die, wenn auch Michel noch erscheinen würde.“

S. 98

Zur Strafe wurde Michel von seinem Vater Anton (Allan Edmal) immer im Holzschuppen eingesperrt. Das Streiche-Straflager nutzte er aber, indem er begann, Holzfiguren zu schnitzen. Weil er so oft dazu Gelegenheit bekam, wurde der Lausbub zum MacGyver unter den Holzfigurenschnitzern (schon in der ersten Folge kam er auf 98). Wir hatten zu Hause zwar keinen Schuppen, aber neben der Garage eine kleine Werkstatt (ohne Fernseher!), in die ich auch ab und zu rein mußte. Nur mit dem Schnitzen oder Basteln hatte ich's nicht so, weil ich bei der *Sendung mit der Maus* ja immer nur die Zeichentrickfilme angeguckt hatte. Was ist eigentlich aus Michel geworden? Ist er heute Sperrholz-Kulissenschnitzer bei der *Traumhochzeit* und bringt nebenbei niederländische Schweineherden mit Kirschwasser und Mega-Joints zum Fliegen?

. 17

Es ist, glaube ich, nie untersucht worden, wie viele kleine Schwesterchen von ihren Brüdern an Fahnenmasten hochgezogen wurden oder wie viele besoffene Schweine es in Deutschland gibt, aber eines weiß ich gewiß: *Michel aus Lönneberga* hat die Phantasie und die Kreativität von Hunderttausenden Kindern beflügelt (auch wenn da die Krösa-Maja anderer Meinung ist). Liebe Eltern, seht die im Schuppen-Exil entstandenen Basteleien als hölzerne Schreie ohne Worte und gebt ein Zeichen Eurer kreativen Solidarität: Ich bitte Euch, stellt wenigstens kleine Portable-Fernseher in die Holzschuppen dieser Welt, damit die auf Zeit verbannten Kleinen sich nicht so ganz alleine fühlen. Ich beantrage hiermit offiziell Fernsehasyl für alle! Hugh, der kleine Michl hat gesprochen!

Michel heißt im schwedischen Original Emil.

History of a Remote Control

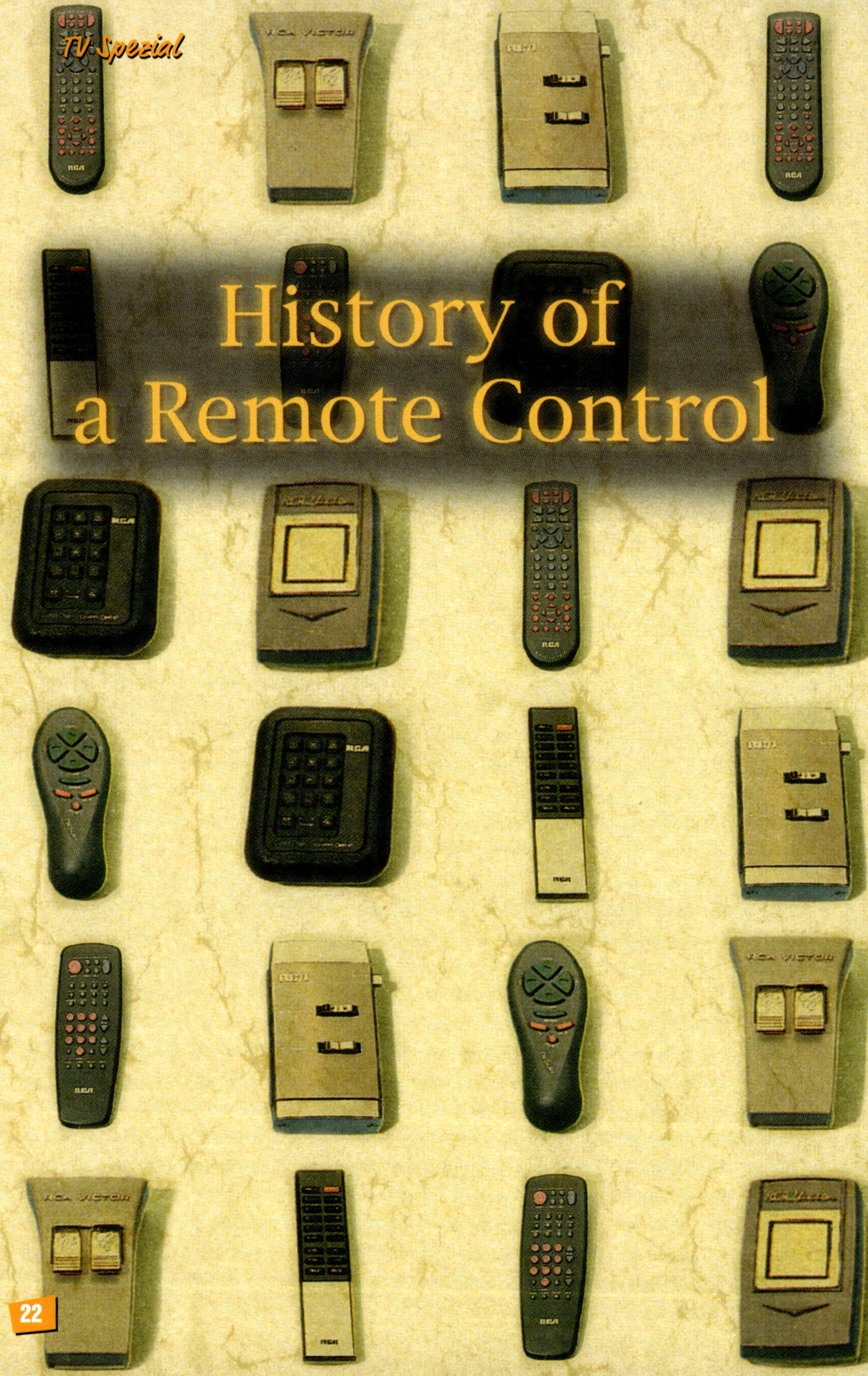

LIEBE LESER/INNEN,

hier nun wirklich wichtige Informationen zu wirklich wichtigen Dingen: Seit über 40 Jahren gibt es die Fernbedienung. 1956 wurde von der Firma Zenith die erste drahtlose Fernbedienung als Serienprodukt entwickelt. Sie funktionierte noch mit Ultraschall-Technik – hochfrequente Töne wurden erzeugt und an einen Empfänger gesendet, der diese Signale verarbeitete und in elektromotorische Vorgänge umsetzte. Ultraschall? Da werden sich jetzt natürlich viele die Frage stellen: Wenn man beim Umschalten Ultraschallsignale erzeugt hat, fielen dann vielleicht nebenan die Fledermäuse von der Decke? Oder knallte Batman bei seiner nächtlichen Streife durch Gotham City verwirrt gegen Mauern? Vielleicht grinste der Grandpa bei *The Munsters*, seines Zeichens Vampir und Fledermaus, deswegen immer so manisch-verrückt, wenn die vor dem Fernseher saßen. Auch bei Hunden, mit ihrem feinen Gehör, waren schwerwiegende psychische Störungen keine Seltenheit. Zum Beispiel hielt sich der Hund meines Nachbarn jahrelang für Lassie. Andere waren noch schlimmer dran – so hörte ich von einem Hund, der glaubte, er sei *Skippy das Buschkänguruh*! Das Rumhüpfen im Wohnzimmer war auch für sein Herrchen zuerst mal eine Abwechslung, aber als das Tier versuchte, Dinge in seinen „Beutel" zu stopfen, mußte er zur Therapie gebracht werden. Dieser sogenannte „Rudelwahnsinn" war quasi der psychische Vorgänger zum „Rinderwahnsinn". Erst Mitte der 70er Jahre wurde der Ultraschall durch die Infrarottechnik ersetzt und dem „Rudelwahnsinn" ein Ende gesetzt.

S. 35

S. 28

Ich erinnere mich oft noch gerne an die 70er Jahre, als Fernbedienungen noch nicht so in Mode waren. Damals brauchte man auch eigentlich noch keine Fernbedienung. Die ganze Familie saß gebannt vor dem Fernseher, wenn einer dieser schönen alten deutschen Schwarzweiß-Edgar-Wallace-Filme lief, zum Beispiel *Neues vom Hexer*. Die Familie war begeistert von der spannenden Szenerie: Eine blaublütige Familie sitzt im Salon, der Butler Klaus Kinski tritt ins Zimmer und schnarrt (O-Ton): „Noch einen Wunsch, Mylady?" Man wußte sofort, gleich stirbt einer! War das nicht schön? Damals hat man oft ein bestimmtes Programm eingeschaltet und erst Tage später mal gewechselt. Unsere erste Fernbedienung war noch mit einem Verbindungskabel zum Gerät versehen (die gab es schon seit 1954!), aber im Grunde genommen war das eher eine Zapp-Infusion für den Fernseher. Meine erste drahtlose Fernbedienung war von der Form her etwas klobig,

S. 58

S. 39

Am 25.8.1967 startete bei der Berliner Funkausstellung offiziell das deutsche Farbfernsehen.

aber sie hatte etwas Futuristisches; sie sah ein bißchen aus wie der Tricorder von Pille, dem Schiffsarzt bei *Raumschiff Enterprise*. Ich konnte damit wunderbar Pille imitieren, wenn er mal wieder seine eine Diagnose zum Thema „ein Besatzungsstatist liegt am Boden" stellte. Da mußte sich mein Bruder regungslos auf den Boden legen, und ich kommentierte dann sehr, sehr ernst: „Er ist tot, Jim!"

S. 118

Für viele Fernsehkritiker dient die Fernbedienung heute auch oft als ein Mittel zur Selbstverteidigung. „Als nämlich der Mondschatten des Fortschritts die öffentlich-rechtliche Sonne verdunkelte und das Zeitalter des Privaten Bösen anbrach, wurde die Fernbedienung zum Zeichen des Widerstands gegen Willkür und debile Aushöhlung durch deutsche Fernsehwerbung." (So ein Satz muß einem erst mal einfallen!) Kommunikationswissenschaftler behaupten ja oft, die Fernbedienung mache die Menschen im Zeitalter der Technik noch unkommunikativer. Ich sage: Im Gegenteil – mit Fernbedienung spreche ich mehr mit den Leuten im Fernsehen. Ich sitze zum Beispiel vor der Glotze, und wenn dann plötzlich Gruselgestalten wie Jürgen Fliege oder Patrick Lindner auf dem Bildschirm auftauchen, mache ich cool die Glotze an: „Hey, du Schwein, gleich bist du weg, ha ha!", und ich ziehe meine Fernbedienung wie einen Colt und schieße bzw. zappe mittlerweile schon so schnell wie Adam Cartwright und so cool wie Kojak. Und Jürgen und Patrick können sich ja nicht wehren – bei *Einsatz in Manhattan* wird ja auch immer zuerst ein Gangster erschossen und dann gefragt: „Hey, war das der Kerl?" Außerdem bezieht man auch die geliebten Fernsehgestalten freudig in seine Kommunikation ein, zum Beispiel jubelt man „Warte, Wickie, ich geb' dir mehr Farbe ... hey Pan Tau, ja, ich mach dich lauter – ups, Entschuldigung, das geht ja nicht ..."

Pille bei *Raumschiff Enterprise* heißt im Original „Bones".

S. 6
S. 1
S. 75
S. 70

Die Fernbedienung hat meines Erachtens auch sehr viel mehr Gerechtigkeit in den Kampf der Familien-Generationen gebracht. Früher, als man zum Umschalten noch aufstehen und zum Fernseher hingehen mußte, auf dem mittlerweile schon 2 Zentimeter tiefen Trampelpfad im Teppich, da hatten natürlich Oma und Opa keine Chance, das Programm ihrer Wahl zu sehen. Opa meckerte: „Ich will den Kulenkampff sehen!" Aber der Sohn blieb stur: „Ällerbätsch, ich bin schneller als du, *High Chaparall* wird angekuckt!" Das war quasi Fernsehen nach dem Motto: „Bei ARD und ZDF sitzen die Schnellen in der ersten Reihe!" Es gibt leider auch viele Fernsehgucker, die sich durch die Fernbedienung

S. 17

S. 157

in eine magische Faulheit geflüchtet haben. Kein Wunder, der Name der ersten drahtlosen Fernbedienung von 1956 lautete tatsächlich „Lazy Bones“, auf deutsch „fauler Knochen“. Da sitzt zum Beispiel Heinz B. fett und aufgedunsen im vergilbten Feinripp-Unterhemd vor der Glotze, und für eine Reise von der *Schwarzwaldklinik* mit dem *Traumschiff* nach Bali muß er nicht mal mehr die linke Hand aus der Hose nehmen. Dafür empfehle ich persönlich zwischendurch Fernseh-Aerobic – ‘Zapprobic’: Man hantiert mit der Fernbedienung wie Bruce Lee mit seinem „Nunchaku“ (tödliche Kung-Fu-Waffe, die man zweihändig um den Körper schwingt, bevor man damit den Gegner k. o. schlägt). Einfach fünfzehn Minuten tänzelnd vor dem Fernseher in Bewegung bleiben und jede Zappbewegung mit dem ganzen Körper mitmachen – „und ZAPP ... und ZAPP zwei drei ...“ Dabei lauthals den Fernseher anschreien: „Ja, du Kasten des Wahnsinns und der Vernunft, zeig's mir, und ZAPP ... gib' mir die Bojen von Pamela, und ZAPP ...!“

S. 161

Leider werden die modernen Fernbedienungen immer komplizierter. Sie sind oft mit Dutzenden von Knöpfen versehen, deren Bedeutung auf ewig im Verborgenen bleiben wird. Ist es Euch nicht auch schon mal passiert, daß Ihr aus Versehen auf eine der etwa 15 Tasten kommt, die man vorher noch nie gedrückt hatte und eigentlich auch nie drücken wollte?

Erklärung Television: „Tele“ bedeutet auf griechisch „entfernt, weit weg“... und „visio“ auf lateinisch „sehen“, daher „Fernsehen“.

Aber plötzlich drückst du – blickst in Panik auf den Fernseher und siehst plötzlich eine Art Hieroglyphen-Testbild. Es hilft auch meistens nicht viel weiter, wenn du dann auf die 90seitige japanische Gebrauchsanweisung zurückgreifst. In solchen Momenten würde man gerne ein Stoßgebet zu MacGyver schicken: „Lieber MacGottyver, ich bin klein, stell mir meine Fernbedienung ein!“ Irgendwann gibt es wahrscheinlich gar keine Hand-Fernbedienungen mehr, dann wird sie vielleicht gleich in die Fußbodenheizung miteingearbeitet, und um umzuschalten, springt dann die ganze Familie auf den Programm-Fliesen rum. Das wird lustig – wie damals bei Michael Schanze: „Eins – plopp – zwei oder drei, du mußt dich entscheiden, viel Felder sind frei ... Und ob du diesmal richtig stehst, siehst du, wenn der Film angeht!“

S. 98

Nur – Oma und Opa wären wie damals wieder die Benachteiligten!

Warum sind die Tiere im Fernsehen schlauer als wir?

WIE intelligent früher die Fernsehtiere waren – ich bin immer noch fasziniert davon. Zum Beispiel Fury, das schwarze Wunderpferd. Da kommt immer dieser kleine blonde Junge zu Fury und sagt: „Fury, du reitest in genau einer Stunde zum Sheriff nach Palm County ... und du sagst ihm, er soll bei Sonnenaufgang mit vier seiner Männer den Kidnappern am Silver Creek eine Falle stellen und sie von drei Seiten in die Zange nehmen!“ Fury nickt wiehernd und holt den Sheriff. Ich war schon etwas überfordert, selbst der Nachbarshund konnte da nicht.

S. 12

Und die Menschen in den Tierserien konnten auch immer die Tiersprache. Etwa der Timmy (Jon Provost) bei *Lassie*. Er lehnt so lassieg am Zaun, Lassie kommt an und gebärdet sich: „Wuff wuff wuff!“ Timmy erkennt sofort: „Ah, drei Verletzte bei der großen Eiche, ja, wir retten sie!“ (Später übernahm der Wald-Ranger Corey Stewart.) Das waren Helden, die dauernd nur Menschen retten, den ganzen Tag retten. Heutzutage im Fernsehen werden sogar die Tiere sexuell nicht mehr an der Leine gehalten. Früher – Lassie war ja weiblich und trotzdem geschlechtslos – also, daß sich die Lassie mal von einem Rüden von hinten so richtig ... nein, das hätte man sich niemals vorstellen können. Genausowenig wie bei den eigenen Eltern. Aber heute in den Serien geht es tierisch ab, da vögeln die Hunde wie die Schweine! Der österreichische Schäferhund *Kommissar Rex* zum Beispiel macht dauernd Hündinnen an, mit so billigen Sprüchen wie „Wuff wuff, ich bin der bestverdienende Fernsehhund aller Zeiten, laß uns zusammen ein bißchen bellen!“ Und doofe Hunde-Starlets fallen drauf rein: „Wau!“ Das ist der sogenannte „Jenny-Bellvers-Effekt“ (jau, böses Wortspiel). Dieser Özi-Rex ist schon etwas schizophren, auf der einen Seite hält er sich für einen Kriminaler, auf der anderen für eine rüdige Hollywood-Diva. *Mr. Ed,* das Pferd, konnte sogar mit seinem Besitzer Wilbur Post (Alan Young) sprechen und hat sich nicht aufgeführt wie ein läufiger Österreicher (O-Ton): „Es gibt Millionen Blondinen auf der Welt. Aber wo findest du noch ein Pferd, das Schach spielen kann?“

Die Stimme von Mr. Ed wurde gesprochen von Allan „Rocky“ Lane, einem ehemaligen Western-Star.

In Filmen und Serien von damals spielten immer echte Tiere vor der Kamera. Heute werden die Kinder manchmal schon für dumm verkauft. Im Film *Free Willy* ist der Wal bei

Bürgerlicher Name von Kommissar Rex: Reginald von Ravenhorst. Seine Ausbildung kostete über eine Million Mark.

Nahaufnahmen immer eine Attrappe. Und das Kind freut sich, streichelt ihn und schmust mit ihm. Da kann ich ja gleich ein Astloch abschlecken. Flipper, unser kluger Delphin von der Coral Key Bay in Florida, wurde nie mit Attrappen gedoubelt, nicht mal bei den nassen Küssen von Sandy (Luke Halpin) und Bud (Tommy Norden). Meine Lieblingsszenen waren immer die, in denen Flipper gerufen wurde mit dieser Unterwassertröte – Vater Porter Ricks (Brian Kelly) hatte anscheinend die ehemalige Autohupe der Waltons ausgebaut. Nebenbei bemerkt, ist es Euch eigentlich mal aufgefallen, daß Flipper in jeder zweiten Folge denselben Hai (in derselben Einstellung) getötet hat? Natürlich gab es früher bei Tierserien leider auch Schwarze Schafe in der Produktion. Ich habe leider eine schlechte Nachricht für alle *Skippy das Buschkänguruh*-Fans: Für Rückenaufnahmen hat man in der Serie ein totes Känguruh genommen, für Nahaufnahmen einen Flaschenöffner in Känguruhpfotenform. Und Skippys typische Laute „tch tch tch" wurden von Menschen synchronisiert. Ken James (spielte den Ranger-Sohn Mark Hammond) packte kürzlich Journalisten gegenüber aus (O-Ton): „In einer Szene sollte Skippy in meine Arme springen. Sie warfen mir ein ausgestopftes Känguruh zu – voll in die Eier." Künstlich, aber voller Leben dagegen sind die Tierpuppen von der *Muppet Show*. Super waren die Dialoge im Ballsaal. Ein Pinguin schiebt eine Hündin vor sich her: (O-Ton) „Siehst du dieses Huhn? Es tanzt wie ein Schwein!" Unter diesem Motto könnten damals auch unsere Discoabende im katholischen Pfarrheim gestanden haben. Die Engel an den Wänden waren quasi unsere fliegenden Muppet-Hühner (angeblich hatte man an denen in den 70ern erstmals Red Bull getestet).

S. 37

Der Darsteller des Farmers Jim Newton in *Fury*, Peter Graves, ist der jüngere Bruder von James Arness, dem Marshall Matt Dillon aus *Rauchende Colts*, und spielte später den Jim Phelps in *Kobra, übernehmen Sie*.

Erinnert Ihr Euch noch? Jeden Sonntag mittag vor dem Mittagessen wurde bei uns immer die Tierdokumentarserie *Im Reich der wilden Tiere* angesehen. Alligatoren zerreißen ein Gnu, und danach teilt die Familie vor dem Fernseher ein gegrilltes Hähnchen unter sich auf. Heute gibt es einen Werbespot für eine Video-Edition gnuzerfleischender Krokodile. Der endet immer mit dem seriösen Satz: „Ich hoffe, Sie sehen sich das mal an, Ihr Hardy Krüger!" Übrigens, einen der schönsten Tode ist Hardy Krüger in *Die Wildgänse kommen* gestorben.

S. 43

In dem Film spielen er, Richard Burton und Roger Moore Söldner, die irgendwo in einem afrikanischen Diktatorenstaat einen Reformpolitiker und Rebellenführer befreien sollen. In seiner letzten Szene läuft Möbel-Krügel Hardy selbstlos, mit dem schwarzen Reformpolitiker auf den Schultern, den Abhang hinunter und wird von den Kugeln der bösen Regierungstruppen durchsiebt. Sterbend liegt er am Boden, und blutroter Himbeersaft läuft ihm aus dem Mund. Wo man sich wieder merken sollte: vor schwierigen Söldner-Aktionen nicht zuviel Saft trinken! Ups, jetzt bin ich aber etwas vom Tier-Thema abgekommen, nun wieder zu lebenden Tieren.

Die Ur-Lassie (richtiger Name Pal) hatte 1943 ihren ersten Auftritt in *Lassie come home.* Ihr Hundezüchter bekam dafür umgerechnet 15 Mark.

Die schönste Tierserie im afrikanischen Busch war immer *Daktari* (samstags um 17.45 Uhr). Der Daktari Marsh Tracy (Marshall Thompson) leitet das „Wameru Study Center for Animal Behavior“, eine Art Tierbesserungsanstalt. Ihm zur Seite stehen seine Tochter Paula (Cheryl Miller), der gutaussehende Jack Dane (Yale Summers), der nette Schwarze Mike (Hari Rhodes) und der affektierte Schimpanse Judy, eine Art Transen-Version von Cheetah. Erinnert sich eigentlich noch jemand an die Schimpansen-Thriller-Serie *Lancelot Link*, der Schimpagent mit seiner Gespielin „Mata Hairi“?

S. 115

Bei *Daktari* sitzen alle meist so rum, beobachten Löwenbabys, und lachen. Ab und zu kommt Wildhüter „District Officer“ Hedley (Hedley Mattingly) auf eine eisgekühlte Limonade vorbei und erzählt, daß wieder skrupellose Wilderer unterwegs sind. Aber der ungekrönte Star der Serie ist natürlich Clarence, der alte schielende Löwe. Immer wenn die Kamera aus den Augen Clarence' filmte, sah man auf dem Bildschirm alles verschwommen und mehrfach doppelt. In der Folge „Aufstand der Tiere“ kommt ein Ex-Torero (ja, tatsächlich!) nach Wameru. Er mußte seinen Job als Torero aufgeben, weil er plötzlich Angst vor allen Tieren bekam. Mike, der Tierpsychologe, versucht mit ihm eine Art Roßkur und steckt ihn zusammen mit Clarence in einen Käfig. Nach anfänglicher Todesangst kommt der Torero eigentlich ganz cool wieder raus. Der einzige negative Nebeneffekt ist, daß er für Stunden schielt. Scheinbar ist „Schiel Clarencis“ eine ansteckende Krankheit. Bei Professor Grzimeks *Ein Platz für Tiere* hätten wir gerne die schwarzen Oben-ohne-Eingeboreninnen, die im Hintergrund oft durchs Bild liefen, mit mehreren Clarence-Augen gesehen. Aber im afrikanischen Busch wäre so eine Unachtsamkeit unter Umständen ein tödlicher Fehler gewesen ...

S. 61

Ich liebe sentimentale Kinderfilme, in denen ein kleiner Junge und ein von ihm geliebtes Tier die Hauptrolle spielen. Mexiko: Der kleine, neunjährige Pablo hat einen Bullen großgezogen. Eines Tages wird ihm der Bulle weggenommen, sein Herz ist gebrochen: „Papa, warum nimmst du mir meinen Bullen weg, ich liebe ihn doch so?“ Papa Pepe erklärt: „Wenn du mal älter bist, wirst du verstehen. Den Bullen zu töten, das bedeutet für uns eintausend Dollar in harten amerikanischen Dollars ... wir können uns zum Beispiel eine Klimaanlage leisten.“ Und Pablo: „Töte ihn!“ Er konnte diese Entscheidung psychologisch nie ganz verarbeiten und rutschte ein paar Jahre später ins Bandenmilieu ab. Er spielte in einer mexikanisch-puertoricanischen Gang den Heißsporn, der sich in der Bronx mit Lieutenant Theo Kojak anlegt. Der Bulle erledigt Jahre später den Torero aus *Daktari* bei seinem Comeback-Versuch in der Arena.

„Daktari“ ist das Suaheli-Wort für „Doktor“.

S. 75

Kommen wir nun zu DER Schlußszene aller Folgen in allen Tierserien: Die Herrchen-Familie des intelligenten oder sprechenden Tieres steht freudig versammelt auf der Veranda, das Eichhörnchen oder der Junge aus dem eingestürzten Stollen sind gerettet, etc. ... Das „Ich-gebe-der-Serie-den-Namen-Tier“ macht noch eine drollige Bewegung oder Gestik, bellt oder macht irgendwelche Laute, und alle zusammen lachen sich erleichtert eins – mir ist dieses Ende mit meinen beiden Kröten nie vergönnt gewesen!

Serie ***Flipper***: Die Telefonnummer von Porter Ricks: WD 95 98.

S. 12

Geliebte Fernsehgöttin

PIPPI LANGSTRUMPF

ALS ich gerade den Tod von Lassie überwunden hatte, trat (neben meine Mutter) die erste Frau in mein Leben – Pippi Langstrumpf (Inger Nilsson). Das Wort „Pippi" hatte plötzlich eine ganz andere Bedeutung als vorher. Mit einem Affen und einem Pferd wohnte sie ganz allein in der Villa Kunterbunt, und schon bald stellten sich mir einige zentrale Fragen: Wer malte eigentlich alle diese exakten schwarzen Punkte auf das Pferd, den „Kleinen Onkel"? Was ist nun eigentlich ein „Spunk"? Und hatte die Tante Broselius, genannt „Brusseliese" (Margot Trooger), wirklich nie Sex? Obwohl Pippi ein Mädchen war, war sie ganz schön cool – ich meine, wer von den Jungs besaß schon einen Koffer voller Goldstücke, mußte nicht in die Schule und besiegte nebenbei noch eine ganze Piratenflotte! Habt Ihr Euch nicht alle auch gewünscht, einmal mit Pippi zu tauschen? Kein Familienfeiern-Getue mehr, nie wieder mit einem Rudel kußwilliger Tanten beim Sonntagnachmittagskaffee („Have a break, have a Kitkat"). Aber ich konnte mich drehen und wenden, wie ich wollte, ich kam aus meiner „Thommy-und-Anika"-Rolle nicht raus.

Außerdem war Pippi Langstrumpf das erste Grunge-Girl überhaupt, vorher gab's da nur so Heidi-Klone und Shirley-Temple-Püppies, wie die exaltierte Arzttochter Vicky in *Black Beauty* oder Nellie Oleson in *Unsere kleine Farm*. Und Pippi war auch die erste Frau, die ich mit Strapsen gesehen habe. Da wurde zum ersten Mal mein „Kleiner Onkel" zum „Herrn Nilsson". Der Affe „Herr Nilsson" mußte ja Jahre später einen grausamen Leidensweg ertragen. Als Pippi mal wieder auf Taka-Tuka-Land war, wurde er von skrupellosen Tierfängern geaffnapped und in ein gentechnisches Labor gebracht. Es wurden an ihm wahnwitzige Genveränderungen durchgeführt, und nach einigen glamourösen Mutationen wurde er in den 80er Jahren als Brigitte Nielsen (der Name wurde aus Angst vor Pippis Zorn etwas verändert) entlassen und mußte Sylvester Stallone heiraten.

137

Meine Lieblingsfolge aller Pippi-Folgen war „Pippi auf Taka-Tuka-Land". Die bösen Seeräuber Blutsvente und Messerjocke (das erste schwedische S/M-Pärchen?) hatten ihren Vater gefangengenommen und in ein Burgverließ gesteckt. Natürlich hat Pippi ihren Papa befreit. Was habe ich sie beneidet, daß sie so eine Heldin sein durfte. Monatelang habe ich gehofft, daß auch mein Vater mal eingesperrt wird, und ich dann einen heroischen Befreiungsversuch unternehmen könnte. Ich habe mindestens zehnmal bei *Aktenzeichen XY ungelöst* angerufen, um ihn als den gesuchten Witwenmörder zu verraten und habe stapelweise Fahndungsfotos verschickt, aber keiner wollte mir glauben. Noch heute denke ich mir oft: Pippi, rette mich vor den Piraten der alltäglichen Monotonie und nimm mich mit nach Taka-Tuka-Land!

Hans Clarin (die Stimme vom *Pumuckl*) spielte einen der beiden Räuber bei *Pippi Langstrumpf*.

Das erste

In der ersten Sex-Reportage-Sendung im deutschen Fernsehen, LIEBE SÜNDE, gab es anfangs immer die Rubrik „Das erste Mal“. Das erste Mal muß ja nicht immer mit Sex zu tun haben. Ich habe mich oft gefragt, wie war das erste Mal für unsere Fernseh-Helden?

Zum Beispiel: Lassie stand am Abgrund der Schlucht, unten das in Gefahr schwebende, fiepsende Eichhörnchen. Das erste Mal „retten“ war sicher noch nicht so ganz selbstverständlich. Es könnte schon sein, daß Lassie da stand und sich noch dachte: „Wuff, bin ich blöd und geh' da runter wegen so einem popeligen Eichhörnchen?“ Der erste Hund, der Lassie (weiblich) darstellte, war übrigens männlich, und ich denke mir oft, daß es für den Rüden sicher nicht einfach war, nach dem ersten Mal nach Hause zu seiner Familie zu kommen und männlich zu prahlen: „Wuff, ich habe heute ein Eichhörnchen aus der Schlucht gerettet!“ Seine Welpen haben vielleicht nur hämisch reagiert: „Daddy, warum hast du jetzt einen Frauennamen? Lassie! Lassie!“

S. 2

Ein zweites Beispiel: Als Spock zum ersten Mal seinen „Ich-lang-dir-an-die-Schulter-und-du-bist-sofort-bewußtlos-Griff“ („Vulcan Nerve Pinch“) an jemandem ausprobierte, dauerte das auch noch minutenlang. Der Typ hatte schon einen ganz blauen Hals, bis es endlich funktionierte. Auch Pille war sich bei seiner ersten Diagnose eines am Boden liegenden Besatzungsstatisten noch nicht so ganz sicher: „Ich glaube, er ist möglicherweise tot, Jim.“ Und als Scotty das erste Mal einen Besatzungsstatisten beamte, holte er nur eine hamburgerartige Masse zurück.

S. 117

Die Hunde-Heldin Lassie wurde bis jetzt von 8 verschiedenen Collies gespielt; alle davon waren männlich. Der männliche Flipper dagegen wurde von einem weiblichen Delphin namens Susie dargestellt.

Mal

103 Auch Batman (Adam West 1966) hat es sicher nicht einfach gehabt auf seiner ersten Helden-Tour durch Gotham City: Im Batmobil mit dem BatFalkStadtplan auf den Knien erst mal zurechtfinden (in München wäre er ja eh gleich verhaftet worden, weil, bei uns herrscht ja Vermummungsverbot). Und seine Maskierung war anfangs auch für uns zu Rettende sehr gewöhnungsbedürftig. Wenn ich gerade überfallen werde, vorher noch nie was von Batman gehört habe, und plötzlich erscheint von oben so ein Typ im hautengen Latex-Fledermaus-Kostüm, da solidarisiere ich mich doch sicherheitshalber erst mal mit meinem vorherigen Angreifer. Wir treten dem Maskierten in die BatEier: „Heiliges Atom! Du perverser Tierimitator, der Daktari würde dich verprügeln! Smash! Bang! Zgurpp!“ Aber wenigstens hatte Batman von Anfang an zum Umziehen den Butler Alfred und eine eigens designte Umkleidekabine, die Bat-Höhle. Da war der Superman immer etwas neidisch, weil er sich immer nur in Telefonzellen oder dunklen Gassen umziehen konnte.

Das erste Mal von Dolly Buster war da wohl das bewegendste: Ein Pornoproduzent namens Drolli Dino Baumberger rief ihr zu: „Schau, Dolly, da liegt ein Hundertmarkschein am Boden!“ Sie bückte sich – ups! Der Rest ist Fernsehgeschichte …

S. 150

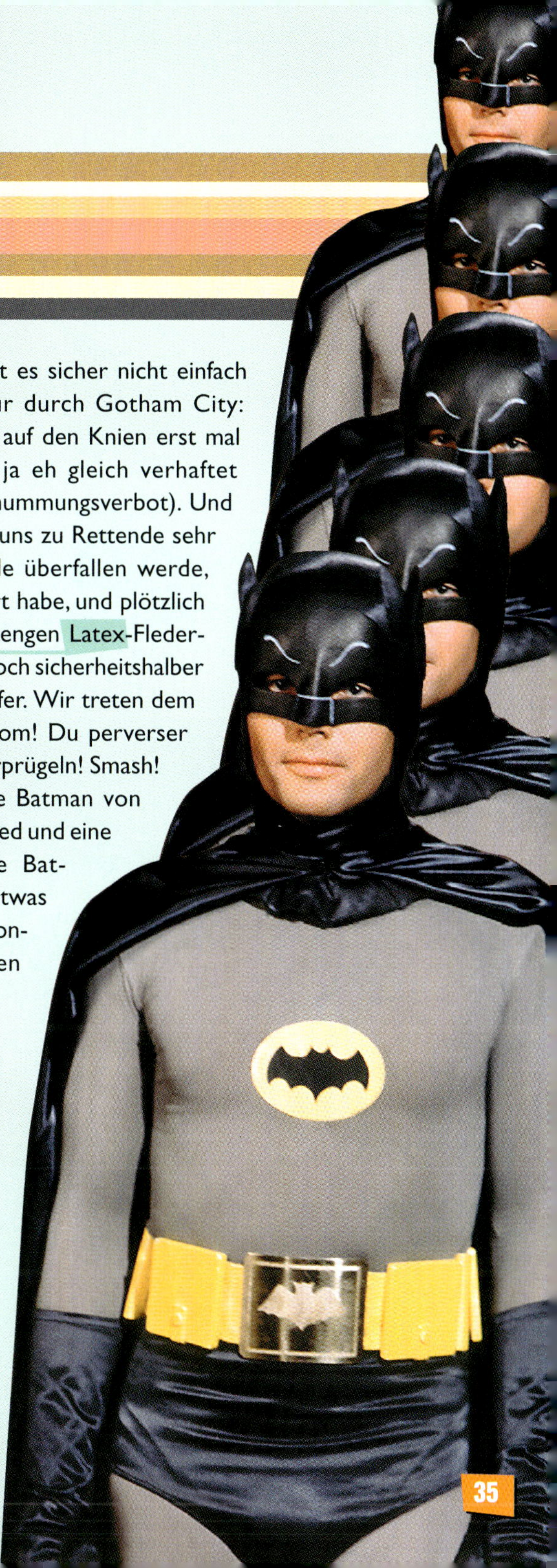

MEINE FAMILIEN UND ICH

DIE ultimative Familien-Liebes-Serie aller Zeiten ist und bleibt *Die Waltons* – die Waltons aus Waltons Mountain in Jefferson County, Virginia. Alle liefen da den ganzen Tag durch die Haus- und Hofkulisse und jauchzten: „Ich liebe dich, John Boy ... Mary Ellen, ich liebe dich ... Mama, ich hab' dich ganz lieb ... Aber, ich liebe dich doch, Jim Bob ... Daddy, ich hab' dich soo lieb ... Ja, ich liebe dich auch, Elizabeth ... Jason, ich liebe dich ... Ja, Opa, so lieb hab' ich dich ...Oma liebt Esther ... ääh, Esther ist Oma ..."

S. 11

S. 45

Schon der Vorspann der Serie ließ uns immer das Herz aufgehen, wenn der Vater hupend mit dem klapprigen Automobil in den Hof fuhr (nicht mal Scotty hätte diesen Wagen frisieren können). Und jede Folge fing immer ganz harmlos an. Nach dem Gruppenbild samt Vater und Radio baute sich immer irgendein kleiner Konflikt auf (Mumps, Schnittwunde etc.), der sich aber am Schluß der Folge wieder auflöste – wo man sich natürlich schon ab und zu gefragt hat, warum der Konflikt dann überhaupt da war (übrigens, die Serie *Unsere kleine Farm* war ja „Waltons light").

169

Ben Cartwright (Lorne Greene) in Bonanza auf der anderen Seite der Berge war hingegen der Prototyp aller alleinerziehenden Väter und Pas. In echten Western war es ja eigentlich so: Wenn die Frau starb, hat man die Söhne normalerweise einfach ausgesetzt oder erschossen – aber nicht diese Pracht-Söhne: Adam (Pernell Roberts), Hoss (Dan Blocker) und Little Joe (Michael Landon). Ben hatte die drei, interessanterweise, von drei verschiedenen Ehefrauen (Elizabeth, Inger und Marie!), die alle drei danach auf tragische Weise ums Leben kamen (ja ja). Die Söhne sprachen ihren Vater immer nur mit „Pa" an, das heißt, die Dialoge zwischen ihnen gestalteten sich deshalb oft ganz schön papaistisch, so à la: „Hi Pa! Was Pa? Wer Pa? Ich Pa? Wo Pa? Wie Pa? Wann Pa?" Mein Vater ist immer ausgeflippt, weil ich auf seine Anweisungen oft nur so western-lakonisch geantwortet habe. Er sprach zum Beispiel über existentielle Dinge, und ich erwiderte nur „Ja Pa!" – das hat ihn wahnsinnig gemacht. Ja, das sind so die kleinen Freuden des Kinderlebens. Und trotzdem habe ich in der zweiten Klasse ein Bonanza-Rad bekommen. Was habe ich damals auf dem Bananensattel radelreitend Rinder bzw. Katzen zusammengetrieben.

S. 69

Die letzte Folge von *Unsere kleine Farm* endet damit, daß die Einwohner von Walnut Grove eigenhändig die Stadt mit Dynamit in die Luft sprengen, damit sie nicht bösen Bodenspekulanten in die Hände fällt.

Andere hatten nicht so viel Glück mit einer intakten Familie, zum Beispiel MacGyver. Er war ja das jüngste von elf Kindern, und von den anderen zehn hat man in der Serie nie wieder etwas gehört, wahrscheinlich sind aus denen nur Kellner, Beamte und Pizzabäcker geworden. MacGyvers Vater und seine Großmutter starben bei einem Autounfall, als er noch ein Kind war. Da habe ich mich schon gefragt, ob der kleine Mackie da nicht vielleicht vorher ein bißchen an dem Auto herumgebastelt hat, weil er gerade eine neue revolutionäre Benzinpumpe erfinden wollte ... (erst später wurde er zum Bastel-Gott). Serien wie *Lieber Onkel Bill* hingegen gaben Millionen Kindern Hoffnung. Wenn sie mal ihre Eltern durch einen Unfall loswerden wollen würden, gäbe es scheinbar immer noch einen lieben Onkel wie Bill Davis (Brian Keith), der sogar ein kleines rothaariges Mädchen (Buffy) mit ihrer Puppe „Mrs. Beasley" lieb hat. Ich fand allerdings den britischen Butler Gile French nicht so nett wie die Hausangestellte und gute Seele des Brady-Haushaltes Alice Nelson (Ann B. Davis) in *Drei Jungen und drei Mädchen (Brady Bunch)*. Ins Haus der Drombuschs wiederum würde ich meinen schlimmsten Feind nicht schicken! Witta Pohl wäre ja gerne mit *Diese Drombuschs* die Mutter der Nation geworden (Achtung, Inge!), bekam aber statt dessen später ein Schleudertrauma wegen zu zackiger Geschirrspüliwerbung (Fairy Ultra). Eines muß man ihr lassen, nicht mal Alfred „Ekel" Tetzlaff könnte den Namen „Onkel Ludwig" mit so einer schneidenden Schärfe Günther Strack ins Gesicht schleudern (ich habe jetzt noch ein bißchen Angst, mich mehr mit Po Witta zu beschäftigen ...).

S. 9

Hop Sing (Victor Sen Yung), der Koch aus *Bonanza*, endete im echten Leben tragisch. Bei einer Flugzeugentführung zog er sich eine schwere Verletzung zu, er geriet in Armut und schließlich starb er an einer Gasvergiftung am Herd.

Eine Familienserie hat vor allem in den 90ern ihre Spuren hinterlassen. Wenn man heute Kinder der 8. Klasse im Geschichtsunterricht die Prüfungsfrage stellen würde: „Was ist die Akropolis?", würde wahrscheinlich die Mehrheit antworten: „Der Grieche in der Lindenstraße." Und es wäre gar nicht so dumm, denn dann kann man eigentlich die gesamte *Lindenstraße* als aktuellen

Wohnort altgriechischer Götter beschreiben: Hans Beimer als Zeus, der es ja auch mit seiner Ehe nicht so genau genommen hat. Helga würde voll und ganz aufgehen in der Rolle der Hera (Zeus' Eheweib), die stets zornerfüllte Göttin. Nur Klausi, der Zivildienstleistende, wäre wohl als Herkules etwas unterbesetzt (schade, daß der Schweiger Til nicht mehr dabei ist). Der stotternde Privavavatdedetektiv Hajo Scholz würde es antikemäßig nur bis zum devoten griechischen Haussklaven bringen (Berta Griese, wann peitschst du ihn endlich mal so richtig aus? Der braucht das!). Außerdem wäre Frau Kling als Kriegsgöttin Athene die Idealbesetzung. Es gibt ja für mich bei der *Lindenstraße* noch ein paar zentrale Fragen: Ist der Taxifahrer Andi Zenker irgendwie verwandt mit Konstantin Wecker, oder kann er nichts dafür, daß er so aussieht? Wurde Helga Beimer alias Marie-Luise Marjan notgeil geboren? Und kommt der Name Frau Kling vom Wortstamm der kriegerischen Kling-onen? Obwohl der Vorname Else bei den Klingonen sicherlich nicht so weit verbreitet war (sind eigentlich die Klingonen die Griechen der Zukunft?). Apropos Griechen und Familie, Telly Savalas alias Kojak hatte auch sehr viel Familiensinn. Er verschaffte seinem Bruder George (Telly D2) einen Assistenten-Job als „Stavros" in seiner Serie *Einsatz in Manhattan*. Epharisto!

S. 47

S. 120

Eine bestimmte Familie habe ich besonders geliebt, weil sie so herrlich schräg war: *The Munsters*, wohnhaft in 1313 Mockingbird Lane. Vor allem hat mir immer gefallen, wie Hermann Munster (Fred Gwynne) seinen Sohn Eddie (Butch Patrick) zu Bett geschickt hat (O-Ton): „Eddie, es ist spät, du mußt jetzt in den Sarg!" (Da hüpft das Herz von so manchem Kinderhasser.) Aber Hermann Munster mit seiner naiv-friedlichen Art war ja quasi der „Gandhi" unter den Frankenstein-Monstern (habt Ihr Euch auch mal Ziegelsteine an die Schuhe gebunden, um so zu gehen wie Herman?). Ich finde ja auch die

75

S. 140

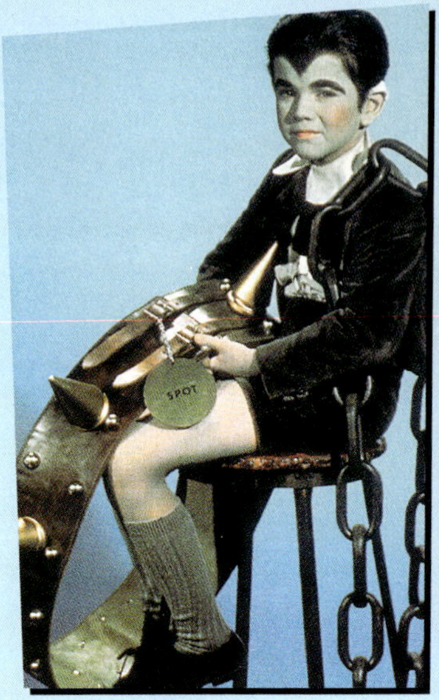

Munsters nicht so außergewöhnlich, früher gab es in meiner Nachbarschaft in einer niederbayrischen Kleinstadt weitaus seltsamere Gestalten – auch optisch! Wenn man heute die Munsters neu besetzen würde, stünden die Rolling Stones wohl ganz oben auf der Casting-Liste. Obwohl man die Burschen dann für die Serie wieder etwas menschlicher schminken müßte: Mick Jagger als Herman Munster, der im Vorspann immer mit unbeholfen-ekstatischen Bewegungen durch die Haustüre hüpft; Keith Richards als Eddie. Wenn man genau hinsieht, läßt sich da eine gewisse Ähnlichkeit nicht verleugnen, zumindest bei der Frisur! Außerdem würde dann dieser Satz eine ganz neue Bedeutung bekommen: „Eddie-Keith, es ist schon spät, du mußt jetzt in den Sarg!" (Solange er nicht wieder in seiner „Bibliothek" von der Leiter fällt!) Charlie Watts wäre ideal für Grandpa (Al Lewis), ein genialer, aber verrückter Wissenschafts-Vampir, der sich einfach nach guter alter Fledermaus-Art an die Decke hängt und sich nicht mehr bewegt, genau wie bei Charlies Schlagzeugspiel. Keith Richards in einer Doppelrolle wäre noch als Drache Spot zu sehen. Ungeschminkt würde er ab und zu aus der Treppe auftauchen und die Leute zu Tode erschrecken (vielleicht dabei einen Feuer-Joint spucken). Und ein in die Jahre gekommenes Groupie auf LSD für die Rolle der Lily (Yvonne DeCarlo) wird sich dann schon noch auftreiben lassen. Also, freuen wir uns auf die „Munster Stones". Und selbst wenn wir alle schon tot sind, spielen sie ihre Rollen immer noch und gehen fröhlich auf Munster-Tour!

Die Haustiere der Munsters waren: Spot, ein Drache, der unter der Treppe lebt, Igor, eine Fledermaus, die Katze Kitty Cat, die brüllt wie ein Löwe, Eddie's Schlange Elmer und ein namenloser Rabe in einer Uhr, der jede Stunde "Nevermore" schreit.

Voller Name von Eddie Munster: Edward Wolfgang Munster

WERBEFAMILIEN

Familien aus der heilen Werbewelt waren mir immer ein Graus. Nur zu oft wurden allen Kindern diese siebtklassigen Werbekinder-Schauspieler als Vorbilder hingestellt. Es hat mir in meiner sozialen Entwicklung nie geholfen, wenn meine Mutter gesagt hat: „Schau, wie der Bub im Fernsehen den GANZEN Spinat brav aufißt!" Als ich einmal dazu meinte, „der kriegt ja auch Geld dafür", konnte ich mich wieder mal entscheiden: Spinat oder Fernsehverbot! Um so einer Todesstrafe zu entgehen, hat man ja alles gegessen! Ich habe die Kinder der Knorr-Familie gehaßt, wie sie immer alles glücklich in sich hineinstopften. Ich habe mir immer gewünscht, wenn ich groß bin, mit einer Pump Gun zu Knorrs zum Mittagessen zu kommen und der Mutter zu zeigen, wie die Knorr-Päckchen wirklich schmecken ... (auch Hop Sing mochte Knoll nicht so gerne). Und diese Knorr-Harmonie – die Waltons waren dagegen ein schizophrener Haufen. Da konnte der Knorr-Sohn heimkommen: „Vati, ich habe leider eine Fünf geschrieben." Eigentlich wollte der Vater gerade sagen: „Du nichtsnutziger blöder Bub." Aber die Knorr-Mutter beschwichtigt ihn: „Aber Vati, es gibt heute Knorr-Kohlrouladen!" Und der Knorr-Vater lächelt entspannt: „Sag das doch gleich, Mutti, ist doch nicht so schlimm, Sohn." Die Knorr-Familie der 90er war die Fixie-Familie – alles keimfrei und modern. Es gab anfangs noch einige Verwirrung über die richtige Schreibweise. Vorm Fernseher verstand ich immer: „Hallo, wir sind die Fick-Sie-Familie." Und in intellektuellen Kreisen gab es ja hierzu eine kritische Gegenbewegung: „Fuck the Fixies!" Seit Mitte der 90er gibt es auch eine Werbe-Familie, die auf einer DEA-Tankstelle wohnen muß. Jedesmal, wenn die einen Satz sagen, müssen sie automatisch lautes Lachen über sich ergehen lassen. Ich frage mich, warum nicht mal bei einem einfahrenden Tanklaster die Bremsen versagen – Crash Bumm – Lacher – The End.

S. 69

S. 95

S. 68

LIEBE OHNE HAPPY-END

In *Rauchende Colts* necken sich Marshal Matt Dillon und Kitty Russel (Amanda Blake), die leicht depressive Besitzerin des Long Branch Saloon (war das eigentlich ein getarnter Puff?), 633 Folgen lang. Ich finde, Kitty war sehr schlecht bunt geschminkt, fast so wie die Dorftranse, die als Parfümerie-Verkäuferin bei Karstadt arbeitet – eigentlich nicht standesgemäß für einen Marshal. Aber die große Frage ist natürlich: Waren die beiden mal zusammen im Bett oder nicht? Im Film *Rauchende Colts: Der letzte Apache* von 1990 erfährt Dillon, daß er eine uneheliche Tochter hat – hat er vielleicht doch heimlich einmal gut geRusselt? …

Eine weitere Liebe, die eigentlich an den Rand der Gesellschaft verbannt war, bevor sie in den aufgeklärten 70ern sogar eine Kindersendung in den Mittelpunkt stellte: Ernie und Bert aus der *Sesamstraße*, das erste schwule Puppenpaar der Welt. Bert ist nicht die flamboyante Tunte und Ernie kein Leder-Macho, die beiden spielen einfach die netten Schwulen von nebenan – häuslich, leicht zickig, aber immer liebevoll in ihrer WG. Dabei erklären sie sich gegenseitig die Dinge des Alltags wie „Versprechen einhalten" oder das „Aufräum-ABC" (quasi die Kinder-Version von *Männerwirtschaft*). Nur Ernies „Quietsche-Entchen" erinnert noch an seine wilden Zeiten in Gummi, Lack und Leder … Und wenn die beiden doch mal heiraten dürfen, dann sind sicher die fliegenden Hühner aus der *Muppet Show* ihre Trauzeugen.

John Wayne hatte die Rolle des Matt Dillon in *Rauchende Colts* abgelehnt und James Arness dafür vorgeschlagen.

S. 87

Die beiden sind das tabusprengendste Paar der Fernsehgeschichte – eine Liebe außerhalb jeder Norm. Der magisch veranlagte Mister Roarke (Ricardo Montalban) erfüllt als Eigentümer von *Fantasy Island* seinen Gästen ihre wildesten Träume. Dem braungebrannten Ex-Hollywood-Frauenidol zur Hand geht sein kleinwüchsiger Tattoo (Herve Villechaiz), der seinen Gefährten immer mit „Boss" anspricht. Wenn zu Anfang der Serie auch immer noch ein Flugzeug zu Tattoos orgiastischem Ausruf „Das Flugzeug! Das Flugzeug!" („Da plane! Da plane!") eine neue Ladung Bikini-Schönheiten und deren gestreßte Manager-Stecher auf die freizügige Insel hinter dem Jaccuzzi-Nebel einfliegt, sind der erotischen Phantasie keine Grenzen gesetzt. In der Folge „Maßlose Wünsche" sagt der Großwildjäger Frank Barth zu Roarke (O-Ton): „Ich will Sie haben. Sie sind das geeignete Wild für mich!" Ein Hoch auf die 70er Jahre und ihre Entdeckung von Schlüsselpartys und Pärchenclubs.

Ist Leidenschaft und Liebe je kraftvoller oder pathetischer gewesen, als wenn Miß Piggy mit dem Aufschrei „Mein Frosch!" dem flüchtenden Kermit nachsaust, um ihn notfalls mit einem rechten Schweineschwinger zu Fall und an ihren wogenden Busen zu bringen? Aber wer zählt die stillen, unglücklichen Tränen des grünen Tieres, wenn seine Borsten-Dulcinea wieder mal hemmungslos mit dem männlichen Gaststar in der *Muppet Show* flirtet. Die größte unerfüllte Liebesgeschichte des Fernsehens durchleben zwei Wesen, die einfach zusammengehören wie Schwein und Frosch.

Der Schauspieler Ricardo Montalban spielt in einer *Enterprise*-Folge („Der schlafende Tiger") und im Film *Star Trek II – Der Zorn des Khan* den bösen Khan, Erzfeind von Kirk.

JOHN BOY

JOHN Boy (Richard Thomas) war mein intellektueller Held bei den *Waltons*. Der älteste Sohn mit dem Fleck am Mundwinkel – dieses Peter-Maffay-Gedächtnis-Melanom, das mittlerweile ja leider schon das ganze Gesicht überdeckt. John Boy der Schriftsteller war sehr schlau – er schrieb dauernd die Geschichten der Waltons auf, damit man später mal eine Fernsehserie daraus machen konnte! In meiner Lieblingsfolge „Die Schreibmaschine" will er sich dazu eine Schreibmaschine kaufen. Aber die Waltons sind ja völlig arm, und Schreibmaschinen haben damals 5 Dollar gekostet. Aber John Boy hat sich irgendwie mit Nebenjobs (Apfelernte in Charlottsville etc.) nach Monaten die 5 Dollar zusammengespart, und er will sie damit kaufen bei Ike Godsey, dem Besitzer vom Tante-Emma-Laden in Charlottsville (dessen Frau hieß ja Cora Beth, aber das ist nur für Hardcore-Fans). Das Tolle an Ike Godsey war, daß er eigentlich nur Lebensmittel im Laden hatte, aber zusätzlich immer genau ein Teil, was sich ein Walton in der jeweiligen Folge gewünscht hatte (ja ja). In unserer Folge war gerade mit der letzten Kartoffellieferung zufällig eine Schreibmaschine mitgekommen ... John Boy will zum Einkaufen gehen, da geht plötzlich Mutter Olivia (Michael Learned) die Brille kaputt, bei irgend so einem sinnlosen Haushaltsunfall. Alle rennen bestürzt rum: „Mutter, wir lieben dich trotzdem!" Aber Mutter läuft nur noch gegen Mauern und Türrahmen – „Ich liebe euch auch, doch wo seid ihr?" – sie ist schon blutig geschlagen. Eine neue Brille würde 4 Dollar 97 Cents kosten!!! Vater John (Ralph Waite) hat ja nie Bargeld, der sagt immer nur für das tägliche Brot. Nun muß sich John Boy entscheiden: Kauft er die Schreibmaschine oder die Brille? Ike Godsey hat gerade wieder eine Kartoffellieferung mit Brillen gekriegt ... Was passiert, liebe LeserInnen? Er kauft natürlich die Brille, und die Mutter ruft glücklich: „Ich kann wieder sehen! John Boy, ich liebe dich noch mehr als Jim Bob!" John Boy ist das in dem Moment natürlich egal, weil er ja jetzt der Depp ist, er hat nur noch 3 Cents von 5 Dollars. Doch Wunder über Wunder, 4 Minuten später rufen die beiden Baldwin-Schwestern an: Emilie und Mamie Baldwin (das ist wirklich nur für Hardcore-Fans)! Die Baldwins sind zwei alte Jungfern, die sich den ganzen Tag lang ein selbstgebranntes „Rezept des Vaters" reinschütten (ich glaube, die wußten gar nicht, daß sie saufen). Sie wohnen in einem großen Haus mit einem riesigen Dachboden, und der wird alle 50 Folgen von den Waltons entrümpelt. Der John Boy rümpelt und rümpelt – plötzlich findet er ganz verstaubt, aber noch funktionstüchtig eine alte Schreibmaschine. Wir haben alle so geweint. Die Schlußszene: das Haus im Dunkeln, man sieht nur noch die erleuchteten Fenster, eine kindliche Stimme ruft: „Daddy, sind die Baldwin-Schwestern Alkoholiker?" Vater: „Gute Nacht, Elizabeth!" Und jetzt alle: „Gute Nacht, Mama. Gute Nacht, Jim Bob. Gute Nacht, Opa. Gute Nacht, Mary Ellen. Gute Nacht, Daddy. Gute Nacht, Jason!" Das Tippen einer Schreibmaschine ertönt: clack, clack, clack ... „John Boy, hör endlich auf zu tippen, wir wollen schlafen!"

S. 36

S. 158

Die Definition von „Held" laut Brockhaus: „Eine Person, die sich mit Unerschrockenheit und Mut einer schweren Aufgabe stellt. Er gilt als Verkörperung von ritterlichen Idealen und ist ein Verfechter von Unerschrockenheit, Edelmut und Tugend."

Und was macht das in Schilling?

IM Mai 1998 habe ich ja sehr viel geweint um die Grande Dame im Game-Show-Gewerbe: Das *Glücksrad* auf SAT 1 ist abgesetzt worden und läuft seitdem im neuen Gewand auf Kabel 1. Maren Gilzer, meine Lieblings-Buchstabenumdreherin aus dem Osten, ist durch eine Blondine ersetzt worden – Maren, gib mir ein F (fuck)! Ursprünglich als ein ostdeutsches Genexperiment geplant, konnte man bei Gilzi wunderschön sehen, daß es doch funktioniert, wenn man Beine mit Kopf züchtet (O-Ton): „Auch wenn du beim Buchstabenumdrehen fällst, immer nur lächeln."

S. 166

Auf die Frage, wie man denn eigentlich Buchstabenumdreherin wird, hat Maren mal geantwortet: „Ich hatte das immer schon im Blut." Da hat sie doch ganz geschickt ihre zwei Jahre Buchstabenumdrehschule in Österreich verschwiegen. Maren Gilzer ist und bleibt für mich der weibliche Walter Sparbier der 90er!

Sind und waren nicht alle Assistentinnen deutscher Unterhaltungsshows Göttinnen im Fernseh-Olymp? Aber es gibt im deutschen Fernsehen ein ewiges Gesetz: Assistentinnen bleiben immer Assistentinnen. Auch „Rehlein" in der Serie *Der Kommissar* blieb die ewige Tipse. Deswegen guckt wahrscheinlich in der *Lindenstraße* Berta Griese immer so griesgrämig, wenn ihr Lebensgefährte und Stotter-Ste... Ste... Stecher Herr Scholz immer „Rehlein" zu ihr sagt. Denn dieser Kosename ist quasi als ein Gleichnis zu sehen: „Aus dir wird nie was werden, du Arzt-Tipse, du!"

S. 38

In den 70ern saßen wir immer samstags um 15 Uhr gebannt vor dem Fernseher und verfolgten die Mutter aller Action-Gameshows, das *Spiel ohne Grenzen*: Diverse Teams aus verschiedenen europäischen Gemeinden zelebrierten Hardcore-Kindergeburtstagsspiele – und meistens wurden die Teilnehmer dabei naß. War das etwa die Vorstufe zur EU? Egal, aber es war mir lieber als *Der Große Preis*, weil da ja eigentlich nur unser Schüleralltag gezeigt wurde: Wieviel auswendig gelerntes unsinniges Allgemeinwissen kann ich mir reinziehen? (Die hätten uns in der Schule auch mit Geldpreisen locken sollen!) Wenigstens hüpfte Wim Thoelke nicht dauernd so hektisch herum wie Hans-das-war-spitze-Rosenthal bei *Dalli Dalli* (ein Dalli war doppelt, das müssen wir leider abziehen). Ist eigentlich alles im Fernsehen, bei dem man etwas gewinnt, eine Gameshow? In der Sendung *Zum Blauen Bock* gewann jede Darbietung mit dem Prädikat „schunkelig" einen Bembel. Zählt das dann auch? Oder war das Ganze die Geburtsstunde des *Musikantenstadels?* Ist „Äbbelwoi" doch eine menschenverachtende Droge und Schenk als Bembel-Dealer strafpflichtig?

S. 110

Wie dem auch sei, heutzutage werden Millionen Kinder von ihren Eltern in die sichere *Miniplaybackshow* getrieben. Ihr kennt das System: Geil aufgestylte Kinder bewegen im Playbackverfahren zu einem bekannten Lied Mund und Körper – angeblich synchron. Meine Eltern waren ja früher schon stolz, wenn ich beim Abschlußkonzert der Kreismusikschule im Blockflötenchor mitgewirkt habe – ohne Bewegung. Trotzdem sah ich immer wieder gerne den infantilen Drill der heimlichen Kinderhasserin Marijke Amado. Als zum Beispiel in einer Sendung ein Kind dauernd der Kamera immer nur den Rücken zudrehte, schob sie das Kind mit Nachdruck in die „richtige" Position und sagte sensibel zu ihm (O-Ton): „Das Hinterchen will Deutschland ja nicht sehen, nä?" Marijke ASadoMado ist ja mittlerweile aus der *Miniplaybackshow* rausgeworfen worden. Wenn sie ihre schwarzgefärbten Haare wieder bleicht, darf sie vielleicht als das holländische Zehenkäsemädchen Antje mal im RTL-Kindergarten Schnittchen schmieren.

Apropos Antje, in den 80er und 90er Jahren fand generell eine Wohnwagisierung der Gameshows statt. War *Dalli Dalli* in den 70ern noch pures Hausmacher-Vergnügen, machte sich nun zunehmend eingeschmuggelter, gestreckter Stoff aus Holland breit. Das Ganze ist meiner Meinung nach eine Psychokampagne, von langer Hand vorbereitet von Rudi Carrell, dem T. Rex holländischer Unterhaltung. *Am laufenden Band* wurden wir von Dino Rudi seit den 70ern erst mal mit Fragezeichen und Haushaltsgeräten psychologisch eingeweicht, damit unsere geistigen Anhängerkupplungen der niederländischen Revolution zum Opfer fallen. Auch das lächerliche Verhalten der Studiogäste in den Rollenspielen bei *Am laufenden Band* sollte uns Teutonen der Welt doch nur wie doofe Versuchstiere bloßstellen. Den finalen Rettungskuß bekamen wir dann Mitte der 80er mit der gnadenlosen *Traumhochzeit*, moderiert (immerhin spricht sie ein paar Brocken deutsch) von Linda de Mol, der sterilen käseblonden Leerdammerin aus dem Clan der Carrells. Ich bin ja bei *Traumhochzeit* immer dafür, daß jeweils am Ende der Sendungen nur das Gewinner-Paar heiraten darf und die Verlierer vorher einen Vertrag unterschreiben, der sie dann zur endgültigen Trennung verpflichtet.

Auch Vanna White, die seit 1983 Buchstabenumdreherin bei der amerikanischen Version des *Glücksrads* ist, wurde eine der populärsten Figuren des amerikanischen Fernsehens. Als sie einmal ersetzt werden sollte, gab es solche Zuschauerproteste, daß diese Entscheidung vom Sender revidiert werden mußte.

Es waren wieder die Holländer, die die Gameshows Mitte der 90er in neue Gewinndimensionen beamten. Ulla Rock am Ring („verzeih mir") schlug mit der von Endemol produzierten *100.000-Mark-Show* ein weiteres tulpiges Kapitel holländischer Käsegriller auf. Sie ließ in der Show ihren sadistischen Neigungen freien Lauf und quälte Pärchen, die es so wollten. Bei dieser Sendung denke ich, daß keines der Verlierer-Pärchen heute noch zusammen ist, und auch bei den Gewinner-Pärchen wird sich wohl meistens danach der 100.000-Mark-Mann mit einer geilen jungen Blondine abgesetzt haben. Okay, wenn schon alles, was Hollandfahrradfahren kann, im Fernsehen moderieren darf, dann fordere ich: Gebt endlich Alfred J. Kwak, der einzig wahren holländisch sprechenden Zeichentrick-Ente (mit der Stimme von Hermann van Veen) eine eigene Show!

1998 konterte die deutsche Unterhaltungsnation endlich mit den Lotto-Shows. *Bei Millionär gesucht – Die SKL-Show* hieß es zum Beispiel: „Zum ersten Mal in der deutschen TV-Geschichte erlebt die Fernsehnation die nicht kalkulierbare Reaktion eines Millionengewinners live mit" – ich denke mir, wahrscheinlich freut er sich. Außerdem finde ich die nicht kalkulierbaren Reaktionen der fünf Verlierer viel spannender! Tja, Ulla Cock und Drin („verzeih mir"), da wirkt Deine endemolische *100.000-Mark-Show* nur noch wie ein holländisches Ringelpietz mit Käsehäppchen. Scheinbar haben wir alle brutalen Angriffe holländischer Unterhaltungsmetastasen abwehren können – aber der T. Carrell-Rex schläft nicht! Seien wir auf der Hut, es ist nicht alles Käse, was glänzt! Schließen möchte ich nun mit dem definitiven Resümee aller Gameshows von Lieutenant Kojak in der Folge „Ein Toter wird lebendig" (O-Ton): „Ein Haufen Geld wird geteilt, ein Küßchen zum Abschied, entzückend!"

S. 75

BEZAUBERNDE JEANNIE

JEANNIE (Barbara Eden) ist für mich eine wahre Fernsehgöttin, und zwar nicht nur weil sie blond ist, eine gute Figur hat und ihren Geliebten mit „Meister“ anspricht. Vielmehr vergötterte ich sie schon zu einer Zeit, als es mir noch wichtiger war, daß jemand mir mit verschränkten Armen und einem Blinzeln jedes Eis der Welt herzaubern könnte (Maren Gilzer hätte übrigens mit Jeannies Blinzeln die Buchstaben im Wimpernumdrehen wenden können). Die große Frage dieser Serie war natürlich: Wer beherrscht hier eigentlich wen? Ist die Frau nur devote „Dienerin“, oder ist sie doch die heimliche „Meisterin“ und hat die Flasche fest im Griff? Astronaut Tony Nelson (Larry Hagman) fand Jeannie (geb. am 1. 4. 64 vor Christus, in Bagdad) als Flaschengeist auf einer unbewohnten Insel. Logischerweise war ich früher im Italienurlaub in Jesolo auch immer auf der Suche nach einer Flasche, aus der ein blonder Traum in leichter Haremskleidung heraushüpft. Nach so mancher Dreiliter-Flasche Lambrusco glaubte ich schon ab und zu mal meine Jeannie-Göttin gefunden zu haben. Diese stellte sich aber am nächsten Morgen oft als Fata-Rausch-Morgana heraus und hätte eher beim Helga-Feddersen-Look-alike-Contest mitmachen können – da konnte ich blinzeln, so viel ich wollte.

In der Serie durfte niemand erfahren, daß ein ehrenwerter Astronaut der NASA wie Tony mit einem Flaschengeist zusammenwohnte. Und Colonel Dr. Alfred Bellows (Hayden Rorke), psychologischer Betreuer des NASA-Raumfahrtprogramms, war den beiden ja auch immer auf der Spur (vermutete er, daß Tony total an der Flasche hing?). Deswegen habe ich mich eines immer gefragt: Warum war eigentlich die Eingangstür von Tonys Wohnung nie abgeschlossen? (Ist Euch das mal aufgefallen?) Bellows kam zum Beispiel einmal unangemeldet rein und traf überraschend im Wohnzimmer auf Sigmund Freud und Henry VIII. – Jeannie hatte wohl gerade mal wieder geniest und aus Versehen dabei mit den Augen geblinzelt. Also, wenn ich einen Flaschengeist hätte, den keiner entdecken darf, würde ich wenigstens die Haustür abschließen. Ich frage mich natürlich auch, was aus Jeannie geworden wäre, wenn ihre Flasche damals nicht von dem netten Tony, sondern von einem richtigen Vollidioten gefunden worden wäre, etwa von einem dicken, schwitzigen Döner-Stand-Besitzer – hätte sie sich dem dann auch völlig unterworfen? Vielleicht hätte sie dann jeden Tag auf der Fußgängerzone vor dem Döner-Stand stundenlang bauchtanzen müssen, um Kunden anzulocken. Übrigens – obwohl meine bezaubernde Jeannie in der Serie immer ein bauchfreies Kostüm trug, durfte sie im Fernsehen nie ihren Nabel zeigen, die amerikanischen Sittenwächter haben das damals nicht zugelassen (Fakt!). Aber, was man nicht sieht macht einen natürlich heiß – ich weiß, auf unserem Schulhof gab es außer mir noch andere Nabel-Fans der Serie. Jeannie, du meine „Meisterin“, bitte blinzel mir noch einmal zu ...

S. 103

1969 wurde Barbara Eden zu 400$ Strafe verurteilt, weil sie eine Kollegin geohrfeigt hatte.

TV was my first love

MEIN Vater wollte mich aufklären, als ich vierzehn war. Er und meine Mama kamen feierlich ins Zimmer und verkündeten: „Junge, wir müssen dir was erklären … das sind alles nur Tricks im Fernsehen und nicht wirklich echt, auch Tiere können eigentlich nicht sprechen!“ Anfangs fiel es mir etwas schwer, zu glauben, daß es keine Vulkanier gibt, aber dann habe ich mir gedacht: „Egal, Hauptsache, es sind gute Tricks!“ Fernsehen ist doch eigentlich sowieso zu schön, um wahr zu sein!

Das Material, das William Shatners Korsett in der Serie *T. J. Hooker* zusammenhält, kann nämlich nicht von dieser Welt sein. Jedenfalls habe ich damals daraufhin meine Gespräche mit Tieren etwas reduziert.

S. 167

Wenn man viel fernsieht, saugt man die tollen Eigenschaften seiner Fernsehhelden auf und würde sie gerne alle auf einmal in sich verkörpern. Als Jugendlicher wollte ich edel wie Winnetou sein, stark wie Tarzan und technisch versiert wie Scotty. Außerdem wollte ich noch kochen können wie Hop Sing samt seinem existentialistischen Standard-Satz: „Mistel Caltwlight, das Essen ist feltig!" Scheinbar sind meine Wünsche damals etwas verdreht in Erfüllung gegangen. Statt dieser ersehnten Tugenden war ich witzig wie Sam Hawkins („wenn ich mich nicht irre"), eloquent wie Tarzan („Ich Tarzan – du Jane") und geil wie Captain Kirk. Ich hatte als Teenager manchmal feuchte Träume, in denen Fernsehstars vorkamen, leider meistens die falschen Darsteller im richtigen Traum. Zum Beispiel träumte ich einmal, ich sei der Privatdetektiv Mike Hammer. Ein guter Traum-Einstieg, denn in der Serie *Mike Hammer* (mit Stacy Keach) wollen ja alle Frauen immer mit dem Hammer Michl ins Bett: „Nimm mich, bevor du mich rettest!" Der konnte alle haben, eine nach der anderen und vorher noch die nächste! Als mir in meinem privatdetektivischen Traum von meiner Vorzimmersekretärin Velda noch angekündigt wurde, daß zwei üppige devote Klientinnen zu mir wollen, war ich schon äußerst erfreut. Doch als dann im Traum nur die beiden Baldwin-Schwestern von den *Waltons* in mein Büro traten … äh, ich hatte mir das schon etwas anders vorgestellt. Hätten das nicht *Die Himmlischen Töchter* Ingrid Steeger und Iris Berben sein können …

S. 151

113

Einige Jahre später habe ich noch zwei wichtige Dinge gelernt. Erstens, ich nehme meine Fernbedienung nicht mehr mit ins Kino und versuche bei schlechten Szenen wegzuzappen. Zweitens weiß ich heute, daß es nicht so gut kommt, wenn mich eine Frau beim ersten Rendezvous fragt: „Gehen wir zu mir?", und ich das Ganze mit einer Gegenfrage beantworte: „Hast du Kabel?" (Ups!) Auch andere Fernseh-Flirthilfen

S. 158

waren immer schon schwierig: Meine Kumpels und ich haben damals das bübische „Thomas-Magnum-Grinsen-und-dabei-neckisch-die-Augenbrauen-hochziehen" versucht ... ich scheiterte meist kläglich. Anscheinend konnten die Mädels meinen *Magnum*-Blick nicht richtig einordnen und reagierten deshalb falsch: „Hey, was schaust denn so blöd?" Da ging es mir nicht besser als dem überstudierten trotteligen Howie Munson (Douglas Barr) in *Ein Colt für alle Fälle*. Ich wollte es dann mal bei den Frauen auf die gute alte John-Boy-Art versuchen: anspruchsvolle Kurzgeschichten und Gedichte für die Angebetete zu schreiben. Aber wo hatte der John Boy bloß seine lyrischen Ideen her? Die Antwort lieferte mir erst 1996 der Philosoph unter den VIVA-Moderatoren, Mola Adebisi alias Captain Mola (O-Ton): „Die Psychoanalyse hat viele lustige Theorien aufgestellt. Zum Beispiel: Eine davon besagt, daß der Mensch seine sexuelle Energie umwandeln kann in Kreativität. Zu deutsch, wenn du richtig scharf bist, dann fallen dir auch künstlerisch geile Sachen ein. Sublimierung nennt man das." Wenn das Oma Esther Walton gewußt hätte.

***Magnum* war die erfolgreichste und einflußreichste Privatdetektivserie der 80er. Magnum löste 161 Fälle vor wöchentlich 12 bis 20 Millionen Zuschauern allein in den USA.**

S. 97

S. 4

S. 153

Ist Euch Lesern das eigentlich auch schon mal passiert: Ihr habt ein Rendezvous mit einem heißen Mädel, Ihr räkelt Euch beide gerade genüßlich auf der Couch, plötzlich aktiviert deine Hinterbacke die auf der Couch liegende Fernbedienung, und ZAPP dröhnt aus der Glotze eine *Baywatch*-Folge. Natürlich kommt von ihr gleich die Frage, „ob man das wohl brauche, um sich anzutörnen", und so weiter.

Vorsicht vor intelligenten Ausreden wie: „Oh, du hast mich so tief in deinen natürlichen Bann gezogen, daß ich hilflos in dir ertrinke, und David Hasselhoff mit der Rettungsboje ..." – Das geht schief! Da braucht man gute Antworten, wie damals, als der Pfarrer mir beim Firmunterricht die zentrale Frage stellte: „Was wirst du Jesus sagen, wenn Er dich beim Masturbieren erwischt?"

Heute weiß ich es: „Ja, Jesus, da brauchst du nicht so zu gucken, jemand, der Wasser in Wein verwandeln kann, kann eh jede Frau haben!"

S. 164

ICH KOMBINIERE ES WAR MORD!

DER erste Krimi, an den ich mich im Fernsehen erinnern kann, war eine Folge aus der Serie *Der Kommissar* mit Erik Ode und seinem Bullen-Team Grabert, Klein (!) und Heines. Die Handlung: Irgendein Mitglied einer reichen Familie aus der Oberschicht wurde in seiner Nobelvilla ermordet, und alle standen sechzig Minuten lang viel rum, haben aber am Schluß den Mörder trotzdem erwischt – es könnte also eigentlich jede Folge gewesen sein.

Wenn ich heute alte Folgen von *Der Kommissar* sehe, kommen mir die Schauspieler oft so vor, als ob sie ohne Mikrophon vor tausend Menschen spielen müßten mit ihrer übertriebenen Gestik und den aufgerissenen Augen. Das Spannendste damals beim *Kommissar* war für mich immer die Anfangsmusik mit dem lauten Schocker-Einsatz ...

Das Wort „Derrick" bedeutet im Englischen soviel wie Montagekran oder Bohrturm.

Derrick alias Horst Tappert ist ja laut Umfragen immer noch einer der vertrauenswürdigsten Menschen in Deutschland. Und ich stimme zu: Das wäre eigentlich mein Bundeskanzler. Politische Gegner würde er mit seinen Standard-Satz fertigmachen: „Hatte Ihr Mann Feinde?" Vielleicht wird Horst Tappert jetzt wirklich Politiker, denn er hat ja im Herbst '98 (nach Folge 281) endgültig als Oberkommissar Derrick aufgehört. Mir ist schon klar, warum, es war wegen seiner mittlerweile zwei Kilo schweren Tränensäcke – der kann ja kaum noch aufrecht gehen. Wichtiges Wissen: Tappert spielte 1966 den Gauner Michael Major Donegan in *Die Gentlemen bitten zur Kasse*, ein Dreiteiler über den legendären Postraub von 1963. Die „Gentlemen" erbeuteten 30 Millionen Mark in Geldsäcken – ich glaube, damals hat sich Horsti wohl zum ersten Mal mit Tränensäcken infiziert. Nach Derricks Weggang haben sich schon einige Werbepartner angeboten: Mercedes wollte ihn als Testfahrer engagieren, wegen seiner Augen-Airbags. Da sie aber auch Harry Klein (Fritz Wepper) dauernd fürs Wagenholen hätten bezahlen müssen, haben sie ihr Angebot zurückgezogen. Übrigens, meine Vision der allerletzten *Derrick*-Folge war ja folgende: Harry wird erschossen, und Derrick verhungert an Ort und Stelle, weil keiner mehr den Wagen holt ...

S. 159

Deutsche Krimiserien wie *Derrick* kamen uns im Laufe der Zeit manchmal vor wie Volkshochschulkurse in Psychologie – man muß die Frage „Hatte Ihr Mann bzw. Ihre Frau Feinde" nur oft genug stellen, irgendwann verraten sich die degenerierten Grünwalder Bussi-Bussi-Jet-Setter schon von selber. Inspektor Columbo (Peter Falk) hat das schon cleverer und eleganter gemacht: Eingehüllt in die totale Unscheinbarkeit seines schmuddeligen Regenmantels, legte er immer seine scheinbare Unterlegenheit und übertrieben bezeugte Servilität gegenüber eitlen Kontrahenten als Köder aus. Die Verdächtigen, die ihn notorisch unterschätzten, lockte er so ins klebrige Netz seines Regenmantels. Vielleicht hat er auch so Mrs. Columbo kennengelernt? (Derrick hatte da ja nur Harry ...)

Die lockersten Sprüche und Fäuste in Krimiserien hatten David Starsky (Paul Michael Glaser) und Ken „Hutch" Hutchinson (David Soul) in *Starsky und Hutch* drauf. Auf dem Schulhof konnte man sich damals so sein Überleben sichern (Schimanski versorgte uns ja nur mit „Scheiße, Thanner" bzw. „Thanner, Scheiße"). Lockere Sprüche und ebenso lockere Dramaturgie: Starsky und Hutch gingen fast in jeder Folge in eine total üble Verbrecherkneipe, in der sich zufällig immer genau der zu ihrem aktuellen Fall passende Informant aufhielt (!). Und keiner konnte den Informer-Rap so gut wie ihr Freund Huggy Bear (Antonio Fargas) (O-Ton): „Der Typ ist ein Dealer, da kannst du deinen Arsch darauf verwetten, Bruder!"

Kate Mulgrew (Captain Janeway in *Star Trek: Voyager*) spielte 1979 in der Serie *Mrs. Columbo* die Ehefrau Kate von Columbo, die sich als Amateurdetektivin beschäftigt.

In den 80er Jahren wurden Krimiserien generell härter und moderner. In *Miami Vice* erschienen Sonny Crockett (Don Johnson) und Ricardo Tubbs (Philip Michael Thomas) auf dem Bildschirm, zwei richtige Sondereinsatz-Großstadtbullen-Zivildrogenfahnder-Undercover-MTV-Cops in lässigen Sommer-Designer-

Klamotten, und erfüllten eine ästhetische Trendsetter-Funktion. Alle wollten wir so cool aussehen und bunte Sommeranzüge mit engen T-Shirts und leichten Slippern tragen. Leider hatten wir daheim in der Kleinstadt nur eine etwas andere Grundausstattung zur Verfügung: Ein zu enger schwarzer Samt-Ersatz-Anzug von der Firmung, T-Shirts von C&A und Karstadt-Mokassins. Gut, Starsky und Hutch mußten in den 70ern auch noch mit Schlaghosen rumlaufen

(dafür muß Philip Michael Thomas heute schlechte Filme mit Thomas Gottschalk drehen, he he). Sonny Crockett hat auch schon mal einen Informanten brutal zusammengeschlagen – in Zeitlupe voll mit dem Knie in den Unterkiefer –, aber das Ganze wurde immer mit flotter Popmusik unterlegt. In der letzten *Miami Vice*-Folge „Letzter Auftrag“ quittierten Crockett und Tubbs den Dienst und warfen ihre Dienstmarken weg, denn die Grenzen zwischen guten Cops und bösen Buben waren ihnen nunmehr zu verwischt, sie glaubten nicht mehr an das Gute – und vor allen Dingen waren die Einschaltquoten ziemlich mies.

Die unterrepräsentierteste Krankheit in Fernsehkrimis ist für mich ja Fußpilz. Warum kommt in Kriminalfilmen meist nur klischeehaft Niesen und Schnupfen vor? Zum Beispiel beim Edgar-Wallace-Film *Der Hexer*, da sitzen Hexer René Deltgen und Assi-Butler Eddie Arent im Schrank und warten auf den Mörder. Der kommt auch, aber Eddie muß plötzlich niesen und warnt diesen damit unabsichtlich, und der Mörder ist auf und davon. Es wäre doch mal ganz schön, wenn zum Beispiel bei einer solchen Szene plötzlich Eddie Arent laut aufschreien würde: „Aah scheiße, dieser Fußpilz juckt wie die Hölle!“ Und tschüß! Nähere Informationen hierzu bei der ungekrönten Königin menschlicher Ge- und Erbrechen: Margarete Schreinemakers.

S. 23

Der damalige Vizepräsident George Bush und auch Stephanie von Monaco bewarben sich für Gastrollen bei *Miami Vice* und wurden aber wegen mangelnden Talents abgewiesen.

S. 134

Miß Marple (Margaret Rutherford) muß an dieser Stelle gefeiert werden als erste praktizierende Postfeministin auf dem Bildschirm. Denn nie sahen Männer blöder aus als neben der eisernen Jungfrau (den Titel hat später Maggie Thatcher scham- und charmelos geklaut) mit dem verknautschten Gesicht. Waren es die verschiedenen Polizeivertreter (von smart bis Dorfdepp), die garantiert immer auf der falschen Spur waren, oder der geschlechtslose Mr. Stringer (Stringer Davis), eine Art freundlicher Eunuch in Tweedmütze und Knickerbocker – immer war Jane Marple schlauer als alle, aber ohne sie das spüren zu lassen, und deshalb Post-Feministin. Und sie war unerreicht in Grazie und Bewegung, beispielsweise ist ihr Degenduell mit dem Mörder in *Mörder Ahoi* eindeutig mehr als Seniorengymnastik. Miß Marple hatte ihr gesamtes kriminologisches Wissen aus Kriminalromanen, weswegen sie dem Inspektor in *Der Wachsblumenstrauß* mal eine kleine Predigt hielt (O-Ton): „Agatha Christie sollte Pflichtlektüre werden bei allen Polizeibehörden!“ Nicht auszudenken, wenn Jane nur erotische Schundromane gelesen hätte! Dann hätte Mister Stringer (ein Name wie aus einem Splatter-Movie) alias Stringer Davis sicher nicht nur als ewiger Zustimmer herhalten müssen, mit seinem Standardsatz (O-Ton): „Sehr klug von Ihnen, Miss Marple.“

S. 13

In der Serie *Mord ist ihr Hobby* agiert die Kriminalschriftstellerin Jessica B. Fletcher (Angela Lansbury) übrigens als eine Miß Marple für Arme. Ist Euch mal aufgefallen, daß im Laufe der Serie etwa 200 Verwandte und enge Freunde von ihr umgebracht wurden? Deswegen muß sie wohl heute noch in Cabot Cove Krimiromane schreiben, um die Kosten für all die Blumenkränze abzustottern. Frau Gmeinwieser aus der bayrischen Serie *Polizeiinspektion 1* wäre gerne die bajuwarische Miß Marple geworden, aber leider hat niemand sie ernst genommen. Die Serie *Polizeiinspektion 1* kann auch mit einem der psychologisch gefährlichsten Kriminal-Monologe der Fernsehgeschichte aufwarten.

Miß Marple (Margaret Rutherford) und Mr. Stringer (Stringer Davis) waren im echten Leben verheiratet!

In einer Folge sagt Hauptwachtmeister Schöninger (Walter „Leatherman" Sedlmayer) nach einem verbrechensfreien Tag (O-Ton): „Wos is bloß mit unsere Verbrecher los? Wenn dös so weitergeht, müß' ma no die Polizei obschaffen!" Und die Folgen wären nicht auszudenken!

Nicht auszudenken wäre auch, wenn es neben allen Cops und Kommissaren im Fernsehen nicht die edelmütigen genialen Strafverteidiger und Anwälte gäbe, die unschuldig verurteilte Fernsehstars vor dem Knast bewahren. Ich möchte hier nur meinen absoluten Favoriten erwähnen, Tony Petrocelli (Barry Newman) aus der Serie *Petrocelli*. Tony ist ein italienischstämmiger Mann mit gewaltiger Doppelbelastung: der beste Anwalt und der langsamste Hausbauer der Welt. Wurde dieses Backsteinhaus in der Wüste New Mexicos eigentlich je fertig? Oder lebt er heute noch mit seiner Frau Maggie im Wohnwagen? Petrocelli hatte auch den treuesten Assistenten aller Zeiten, Pete Ritter (Albert Salmi) mit Cowboyhut und -Stiefeln, der grundsätzlich die entscheidenden Entlastungsbeweise jedesmal in letzter Sekunde zu Tony in den Gerichtssaal brachte. Was hätte ich als Jugendlicher dafür gegeben, so ausgefeilte Verteidigungsplädoyers halten zu können wie Petrocelli. Ich habe das einmal versucht, als mich meine Mutter wegen einer zerbrochenen Fensterscheibe zur Rede gestellt hat: „Einspruch, Mutter! Ob die Fensterscheibe vor unserem Ballspiel noch heil war, ist nur eine Vermutung, die auf sehr wackligen Indizien beruht." Sie hat den Einspruch dann deutlich abgelehnt – na ja, Petrocelli mußte nur den Staatsanwalt überzeugen und nicht meine Mutter ...

S. 62

WICHTIGE FOLGEN WICHTIGER SERIEN

(Alle hier erwähnten Zitate sind O-Töne!)

DAKTARI

S. 29

Ich habe dieser speziellen Folge einen eigenen Titel gegeben, der die Handlung besser widerspiegelt: „King Clarence, oder Der schielende Stecher der Steppe". Aber ansonsten habe ich alles im Original belassen. Die Handlung: Der Tierpsychologe Mike versucht psychologische Tests mit Clarence: „Eigentlich ist er der Herr der wilden Tiere, aber der Löwe zeigt keine Reaktion bei Annäherung eines Papp-Zebras auf 35 Fuß." Ich glaube, das Problem war, daß Clarence wegen seines Schielens gleich Dutzende von ankommenden Zebras sah und sich dachte: „Ich bin eh umzingelt, dann kann ich gleich liegen bleiben." Nach diesem fehlgeschlagenen Test verschwindet Clarence angenervt in den Dschungel und lernt dort drei einsame geile Löwinnen kennen. Zufälligerweise sind das ehemalige Zöglinge von Wameru. Da es im Reservat gerade sonst keine ledigen einsamen Löwen gab und die drei sowieso auf ältere schielende Männer standen, machen sie ihn zum Stecher des Rudels. Die Daktaris können Clarence nicht zur Rückkehr nach Wameru bewegen, und große Trauer macht sich breit. Paula versucht sich zu trösten: „Der Platz sieht sehr leer aus ohne Clarence, vielleicht könnten wir einen Springbrunnen hinstellen."

Aber Clarence durch etwas Lebloses zu ersetzen, finden alle nicht so toll. Judy kommt auf die rettende Idee: Er/sie bringt den Tiger Sultan an den leeren Platz. Sogar Wildhüter Hadley gibt sich beeindruckt: „So sieht der Rasen gleich viel besser aus!" Aber alle sind immer noch traurig und wollen Clarence zurück. In der Nacht holt Judy Clarence zurück (irgend etwas muß er/sie ihm versprochen haben!). Clarence vertreibt Sultan von seinem Platz, und der verpißt sich in den Dschungel. Paula bemerkt das als erste: „Hey, kommt alle raus, Clarence ist da! Was ist passiert, Clarence? Sind dir die drei nörgelnden Frauen auf die Nerven gegangen?" Aber Panik! Der Tiger Sultan allein im Dschungel! Jack konstatiert: „Sultan betrachtet alle Tiere als seine Freunde, da er in Wameru aufgezogen wurde. Er riecht also nach Mensch." (Häāh, wie riecht denn Mensch?) Und Paula bemerkt: „Sollte er einem Löwen oder einer Elefantenherde begegnen, hat er keine Chance." (Ja, wer hat schon gegen eine Elefantenherde eine Chance, Paula!) Alle haben Angst, daß die drei verlassenen Löwinnen sauer auf alle Männer sind und Sultan angreifen, so Jack: „Es heißt, die Hölle sei nicht so heiß wie die Wut einer verlassenen Frau." Aber das Happy-End naht: Die drei Löwinnen übernehmen Sultan als Rudelführer, weil die vier schon als Junge im Futternapf gespielt haben. (Tja, wenn das Wameru Center nicht alle Tiere, die in den Folgen vorkommen, aufgezogen hätte ...) Jack versucht ein weiteres Experiment mit Clarence, aber Clarence schläft ein ...

PETROCELLI

William Shatner (Captain Kirk) spielt in einer Folge einen Angeklagten. Er soll Bob Warren ermordet haben. Er hatte mit diesem einen heftigen Streit um das San-Remo-Kraftwerk. Die Frau hört diesen Streit, es fällt ein Schuß, sie kommt ins Zimmer, und da steht Shatner mit rauchender Pistole in der Hand. Aber eine Eigenart der Serie Petrocelli ist, daß man die Tat immer aus mehreren gefilmten Blickwinkeln sieht. Ein anderer hatte Shatner erpreßt. Die drei streiten im Zimmer, der Dritte erschießt aus Versehen Bob Warren und wirft Shatner die Pistole zu. Shatner fängt diese im Reflex (!Drehbuch!), yeah, Kirk-Baby. Die schönste Szene in dieser Episode ist folgende: Harrison Ford, in einer seiner ersten Nebenrollen, spielt einen Freund des Ermordeten. Er prügelt sich mit William Shatner und beschimpft Petrocelli. Stellt Euch das mal bildlich vor. Man spürte damals schon den Indiana Jones in Ford. Ich hatte das Gefühl, er wollte seine Peitsche ziehen, aber da war ja noch keine! Ein Running Gag war in dieser Folge: Petrocellis Auto wird immer wieder abgeschleppt. Dieses Prinzip wurde später auch in der österreichischen Serie KOTTAN ERMITTELT verwendet ...

S. 60

Petrocellis Assistent Pete alias Albert Salmi spielt im Pilotfilm der Serie *Kung Fu (Im Zeichen von Drachen und Tiger)* den bösen Arbeiteraufseher, der Kwai Chang Caine quält.

TALKSHOWS

Seit Anfang der 90er habe ich das Gefühl, daß die unkontrollierte Ausbreitung der Talkshows ein ausgesprochenes Ungleichgewicht der Kräfte im Fernsehen schafft. Wirkten 70er-Jahre-Talksendungen wie die *V.I.P.-Schaukel* mit Margret Dünser noch mehr wie Nostalgiefernsehkiffen für den Geist, muß ich heute warnen: Laßt lieber die Augen von 90er-Jahre-Quasselkoks, zum Beispiel die TV-Designerdroge für jugendliche Einsteiger, *Arabella*. Bella Ara Plappagei begrüßt täglich als Gäste hirngepiercte pubertierende Wichtigtuer mit Akneproblemen.

Mittlerweile formieren sich neben der Kiesbäuerin in Dutzenden von Talkshows die debilen Truppen des Schwachsinns. Über allen schwebt Hans Meiser, der Richelieu der nachmittäglichen Gesprächsrunden, der feuchtgewordene Schwarm aller Hausfrauen und Omas. Ich finde das Wahnsinn: Täglich werden Hunderte von fanatischen Kaffeefahrtlern in sein Studio gekarrt, und vor ihnen zelebriert er jedes Wort, als sei es die Offenbarung. (Yeah, man, praise the Lord!) Meisers täglicher Herausforderer ist ja der Fernsehpfarrer Jürgen FleischFliege. Dieser Gottesmann auf Wahrheitsdroge (oder umgekehrt?) zeigt täglich demütig, was er als Mitleidsdealer von Reverend Robert Alden aus *Unsere kleine Farm* gelernt hat (O-Ton Fliege nach einem „einfühlsamen" Gespräch): „Solche Gespräche, die kann man wie im Pfarramt führen,

Das Jugendamt verbot PRO7 die Teilnahme einer 15jährigen am *Arabella*-Talk zum Thema „Ich brauche jeden Tag meinen Fick".

und das ist gut so. Denn da kann ein Mensch von seinem Leben erzählen, ohne daß er Angst haben muß, der Pfarrer wird mich verraten, und er wird dich nicht verraten." (Ja ja, und ehe der Hahn dreimal lügt, wirst du mich verkräht haben!) Wenn Don Camillo sehen könnte, wie im deutschen Fernsehen im Namen Gottes um Quoten geschachert wird, er würde sich kampfwillig die Ärmel hochkrempeln und zu Jesus sagen: „Herr, ich will mir nur mal kurz die Hände waschen." (Hau zu, Don Camillo!) Der Fliegen Jürgi betet doch in Wirklichkeit seit Jahren dafür, daß ein Rentner mal Hans Meiser während einer Live-Sendung mit einem Marmorkuchen erschlägt.

Wir zappen in der Zwischenzeit noch zu Ilona Christen, die Sprechmeduse mit der schmutzigen Waschmittel-Vergangenheit, heute mit dem Hausfrauen-Thema: „Sex mit dem Priester – Steckt der Teufel im Detail?" (Don Camillo möge mir dieses Wortspiel vergeben.) Apropos dick auftragen, es gibt ja im Talkshow-Puff außerdem noch Vera Intveen, ein Name wie ein Computervirus. Ich möchte an dieser Stelle *Vera am Mittag* küren für die gelungenste Gästezusammenstellung in einer Talkshow (Originalbesetzung!): ein Lederschwuler, eine Latexdomina, ein Sklave mit Gasmaske und ein Mann in Babykleidern. Schade nur, daß sich die „Ich-bin-pummelig-aber-ich-tu-so-als-ob-mir-das-nichts-ausmacht-Vera" nicht gleich selber geoutet hat: „Ich bin Quotenfetischistin und kann ohne Labern nicht mehr kommen!" Aber wie sagte schon Lieutenant Theo Kojak in solchen Fällen (O-Ton): „Leute, die Geld brauchen, machen oft unerwartete, ruchlose Sachen, Baby!" Dank auch an die Schäfer Bärbel, die gerne engagierte Eltern einlädt, zum Beispiel einen besorgten Vater (O-Ton): „Ich möchte, daß aus meinem Sohn etwas Besonderes wird, eine Berühmtheit, weil ich nur die Rente einbezahlt hab und er mich später ernähren muß." Man sieht, sogar als netter familiärer Zuhälter kann man heute ins Fernsehen kommen. Und wenn man im sehr unwahrscheinlichen Fall mal als

S. 75

Gast in einer Talkshow nicht genommen wird, weil sie einen für zu psychotisch, zu dämlich oder unterlegen halten, dann kann man immer noch Opi, Omi oder sein Kleinkind von der Treppe schubsen, dabei mit der Kamera draufhalten, und schon darf man mit seinem Videoclip zu *Bitte Lächeln* oder *Pleiten, Pech und Pannen*. So faßt die „Stiftung Michltest" das Motto aller Talkshows noch einmal zusammen: „Gesellschaftspolitische Blindgänger werden telegen inszeniert – Gefangene werden keine gemacht!" (Schade eigentlich.)

Die erste Talkshow im deutschen Fernsehen war die Sendung *Fernsehdiskussion* 1939 mit dem Schauspieler-Thema „Küssen Sie auf der Bühne wirklich?"

Lob im Haß: Die beste und einzig wahre Talkshow, die es für mich je gab, war der *Club 2* auf dem österreichischen Sender Ö1 (quasi die Mutter aller Talkshows). Die coolste Szene (tatsächlich!), die ich da je gesehen habe, war folgende: In der Live-Sendung setzte sich plötzlich der Dramatiker Wolfgang Bauer eine geladene Pistole an die Stirn und drohte (O-Ton): „Ich drück' ab!" Der Moderator Adolf Holls glänzte durch sein lässiges, souveränes Krisenmanagement, indem er darauf nur erwiderte (O-Ton): „Haben S' überhaupt an Waffenschein?"

Bauer legte angenehm verwirrt die Waffe nieder. In Deutschland hätten sich bei so was die Moderatoren vom Talker-Strich doch die Finger geleckt und bestimmt zu ihm gesagt: „Ach bitte, warten Sie noch, bis die Quoten ganz oben sind."

PRÜFUNG ANFÄNGER

So, lieber Leser und liebe Leserin: Jetzt habt Ihr das Anfänger-Level hinter Euch gebracht. Seid Ihr bereit für Eure erste Prüfung? Hier kommen die Fragen:

1. Wie heißt die Kröte bei Catweazle?

a) Krywalda
b) Külwalda
c) Margarete Schreinemakers

2. Wie heißt der meistgesprochene Satz bei Bonanza?

a) „Ja, Pa!"
b) „Mistel Caltwlight, das Essen ist feltig!"
c) „Söhne, die Zäune an der Westweide müssen repariert werden."

3. Wer spielte Mike Hammer?

a) Racy Peach
b) Stacy Keach
c) Stage Coach

4. Im Kapitel „Familienserien" sind folgende Kinder der Waltons genannt: John Boy, Jim Bob, Mary Ellen, Elizabeth und Jason. Welche zwei fehlen noch?

a) Ben und Erin
b) Ernie und Bert
c) Paddy und Maite

5. Wenn Michl flirtet, benutzt er …

a) Den „Dracula-jagt-Minimädchen-Blick"?
b) Das „Thomas-Magnum-Grinsen"?
c) Die „Wickie-ich-reib-halt-mal-Methode"?

6. Was ruft Speedy Gonzalez immer, bevor er losläuft?

a) „Jetzt geht's loos!"
b) „Olé olé olé!"
c) „Arriba Arriba Andale!"

7. Kojaks Bruder heißt …

a) Stavros
b) Rhodos
c) Sarikakis

8. Was bedeutet das Wort „Derrick" im Englischen?

a) Bohrturm
b) Montagekran
c) Beides

9. Der Assistent von Mr. Roarke in Fantasy Island heißt …

a) Tatü
b) Tattoo
c) Tata

10. „Daktari" bedeutet auf Suaheli?

a) Doktor
b) Dunkelheit
c) Durchfall

11. Die Derrick-Titelmelodie trägt den Namen …

a) Harry-Klein-Thema
b) Harry-Lime-Thema
c) Derrick-Thema

12. Du stehst vor Gericht und kannst dir Petrocelli nicht leisten. Wen sollte man dann als Verteidiger nehmen?

a) Pete, den Assistenten von Petrocelli
b) Die Krönung Light Frau in schwarzer Designerrobe
c) Hera Lind, denn die kann alles

Jetzt Lösungen vergleichen!
(sich wundern, sich freuen, je nach dem…)

Lösungen Prüfung Anfänger

1b), 2a), 3b), 4a), 5b), 6c), 7a), 8c), 9b), 10a), 11c), 12a+b)

Und – habt Ihr alles gewußt? Wenn nicht, ist jetzt eine Runde Strafglotzen einer Daily Soap mit anschließender Inhaltsangabe angesagt! Oder eine Calimero-Imitation vor Freunden oder LebenspartnerIn (Telefon gilt nicht!). Erst dann dürft Ihr weiter (und die, die alles richtig haben, sowieso) AUF DAS LEVEL FORTGESCHRITTENE …

WARNUNG!

Das Level »Fortgeschrittene«, das Ihr nun betretet, enthält erhöhte Gefahren. Verlaßt zwischendurch mal den Sessel. Nehmt in bestimmten Abschnitten am Telefon mit lebenden Menschen Kontakt auf, und zwar nicht nur mit Gianni vom Pizza Service. Registriert das Wetter. Kommuniziert mit Menschen über das registrierte Wetter. Und dann viel Spaß beim Weiterlesen.

Rauchende Colts und blutige Brüder

STELL Dir vor, liebe/r LeserIn, Du reitest staubig in Dodge City ein, der Sheriff stellt sich Dir in den Weg und grüßt Dich freundlich: „Hey Fremder, hier gibt es kein Gold, kein Silber – nur Blei, ha ha ha." Dafür überlebt der Sheriff aber den Einritt der Banditen am nächsten Tag nicht. Der neue Marshall in Dodge City ist Matt Dillon (James Arness) aus *Rauchende Colts*, einer der härtesten Marshalls überhaupt. Eigentlich war Dillon ja ein Verfechter von friedlichen Mitteln, aber er mußte in jeder Folge, vertraglich festgelegt, mindestens zweimal schießen, weil sonst der Titel der Serie (s. o.) einfach keinen Sinn mehr gemacht hätte.

S. 42

Dillons liebenswert-trotteliger Deputy Festus Haggen (Ken Curtis) mit seiner knarrzigen Stimme und seinen O-Beinen sah etwa so aus wie der Kaspar-Hauser-Bruder von Gerd Müller und wurde ja anscheinend von Margarete Schreinemakers synchronisiert.

S. 93

Bonanza dagegen war die Westernserie mit verbrannter Landkarte. Viele waren verwirrt und kannten diesen Ort „Starring" nicht, dessen Name am Anfang immer eingeblendet wurde (och, der war einfach). Jetzt aber im Ernst, habt Ihr Euch nicht auch schon mal gefragt, warum *Bonanza* eigentlich *Bonanza* heißt? Es gibt diesbezüglich in der Serie ja keinerlei Hinweise. Die Cartwrights leben auf der Ponderosa, und die nächstgelegene Stadt heißt Virginia City, im Bundesstaat Nevada. Und ich habe in keiner Folge weder Hoss noch seine Brüder sagen hören: „Pa, ich reite jetzt nach Bonanza!" Erst viel später habe ich erfahren, daß die Titelmelodie der Serie *Bonanza* hieß! Die Cartwrights waren eigentlich ziemlich brutal. In fast jeder Folge erschießen sie jemanden aus Notwehr, und meistens jemanden, den sie gut gekannt haben. Und es gab noch andere gewichtige Probleme. Hoss war dank Hop Sings Küche so schwer, daß jedesmal, wenn er ausreiten wollte, die Pferde im Stall in Todesangst zuckten und wieherten: „Erbarmen, bitte nicht den Hoss!" Eine Nachfahrin von Hoss, die Nina, wurde übrigens 1996 berühmt, als sie in der Bernd-Eichinger-Produktion *Das Mädchen Rosemarie* darstellte. Und alle waren überrascht: „Die ist ja gar nicht so schwer!"

S. 37

S. 106

Burt Reynolds spielte von 1962-65 das Halbblut Quint Asper in *Rauchende Colts*.

Die Serie *High Chaparall* war genau wie *Bonanza* ein „Besitz-Western". Der Groß-Rancher Big John Cannon (Leif Erickson) hatte seine Ranch im Indianerterritorium nahe Tucson angelegt – das Land rundherum karg und vertrocknet (was haben die da eigentlich angebaut? Von was haben die eigentlich gelebt?). Bei *Bonanza* habe ich mich auch oft gefragt, warum auf der Ponderosa für die gesamte Ranch-Fläche von ca. 600.000 Hektar immer nur höchstens vier Helfer-Cowboys da waren? Und der Vormann der Ponderosa, Mr. Canady (David Canary), wurde von allen nur „Candy" gerufen, auch nicht der wirklich coole Name für einen harten Westerner. Das hätte sich der stets in schwarz gekleidete Vormann „Virginian" (James Drury) bei *Die Leute von der Shilo Ranch* nicht gefallen lassen. Im Gegenzug hatte sein Assistent den Idioten-Namen „Trampas", der übrigens von Doug McClure gespielt wurde, der sich später im Kinofilm *Caprona, das vergessene Land* mit Sauriern anlegte – dafür hatte er ja bei den „Rinder-Stampedes" eigentlich schon ganz gut trainieren können.

Was ich generell in Western immer cool finde, ist die Szene, wenn Cowboys ihre Komplizen aus dem Gefängnis befreien, indem sie mit einem dünnen Seil immer gleich die ganze Gefängnisrückwand herausreißen. Und hat sich eigentlich noch nie jemand über das Prinzip des Postkutschenüberfalls in Westernserien Gedanken gemacht? Die Banditen warten immer eine Meile entfernt auf einem Hügel, lassen unten die Postkutsche vorbeifahren, um ihr dann von hinten ein paar Meilen nachzujagen. Der Kutscher kann meistens noch zwei von denen umlegen, muß aber dann von der Kutsche fallen. Die Banditen könnten doch auch einfachheitshalber einen Baum umsägen und damit den Weg versperren, hinter dem Felsen hervorspringen – stop – Geld her – und tschüß (oder „howdy", wie wir Kuhbuben sagen).

Hoss' richtiger Name ist Eric. Hoss heißt auf norwegisch „Good Luck / Viel Glück"

In Western werden oft auch Rassenprobleme angesprochen, so sagt etwa John Wayne engagiert in *Der schwarze Falke*: „Let's go and kill some Indians!" Da fällt mir was ein – war *Winnetou* eigentlich auch ein Cowboyfilm? Egal, ich habe die *Winnetou*-Filme trotzdem geliebt: Winnetou (Pierre Brice), der heldenhafte Apatsche, reitet durch die jugoslawische Prärie als stets kompromißbereiter Friedensstifter zwischen Rot und Weiß (deswegen hat er seinen Bison-Burger auch am liebsten mit Ketchup und Mayo gegessen). Immer an seiner Seite war sein Blutsbruder Old Shatterhand (Lex Barker), besser bekannt als Lex Tarzan bei den ersten *Tarzan*-Farbfilmen. Aufgrund meines Indianerkonsums im Fernsehen bekam ich mal Probleme in der dritten Klasse, weil ich öfter mit guten Freunden die Blutsbrüderschaft vollziehen wollte. Wie bei *Winnetou I* ritzten wir uns mit unseren Taschenmessern (wir stellten uns vor, es wären die riesigen Jagdmesser „Bowie Knives") in die Arme und ... gut, erst mal lagen wir mit Kreislaufzusammenbruch etwa eine halbe Stunde am Boden. Aber ein Indianer kennt keinen Schmerz, und dann haben wir uns gegenseitig mit dem Blut ziemlich vollgesaut. Die Erwachsenen konnten irgendwie nicht nachvollziehen, was es bedeutet, Blutsbrüder zu sein, und meiner Mama graute es wohl am meisten vor den blutigen T-Shirts, an denen sich sogar „Klementine" die Waschtrommeln ausgebissen hätte.

11

S. 128

Rauchende Colts war die am längsten laufende Westernserie (633 Folgen) im amerikanischen Fernsehen, von 1955-75.

Viele haben sich gefragt, warum der Winnetou eigentlich so bleichgesichterfreundlich war? Ich glaube ja, der hat bei seinen Blutsbrüderschaften einfach zu viele weiße Blutkörperchen abgekriegt. Und die haben sich damals noch nichts Schlimmes gedacht beim Thema Blut und Ansteckungsgefahren, da trafen sich Trapper und Apatschen hemmungslos in der Wildnis – schnitt schnitt misch! Heute weiß man, was man da alles übertragen kann – Trapperkrankheit! Die ist ziemlich gefährlich, weil einem da Biber zwischen den Beinen wachsen ... „Blutsbrüdering" war eigentlich ein Vorläufer von Piercing. Die Apatschen hatten auch noch eine Weiterführung vom Piercing – „Pfeiling" und „Speering": das Durchbohren bestimmter Körper- und Hautpartien aus sicherer Entfernung. 1998 kehrte Winnetou ins Fernsehen zurück, dabei war Pierre Brice mittlerweile schon über 60 Jahre alt – ein gut gelagerter Roter eben. Mir egal, solange er nicht als Blutsbrud-Junkie im Bahnhofsviertel von Bad Segeberg um neue Schnitte bettelt.

Die Ranch bei *Bonanza* wurde Ponderosa genannt, weil in dieser Gegend die sogenannten „Ponderosa-Kiefern" wachsen.

Friede, Bruder!

1987 entstand der Pilotfilm für *Bonanza - The Next Generation* mit Lorne Greenes (Ben Cartwright) Tochter und den Söhnen von Michael Landon (Little Joe) und Dan Blocker (Hoss). Es wurde ein Flop.

ERSCHOSSENWERDEN IM WESTERN

In den 40er und 50er Jahren, zum Beispiel bei den WESTERN VON GESTERN, halten Cowboys, die getroffen werden, immer etwa zwei Sekunden inne. Dasselbe noch mal, bevor sie zu Boden stürzen, wahrscheinlich, um sich kurz abzustützen. In den 60er Jahren waren die Stuntmen schon mutiger und geübter, in Serien wie DIE LEUTE VON DER SHILO RANCH oder B-Western mit Audie Murphy. Um das Ganze realistischer wirken zu lassen, fallen sie immer gleich um wie nasse Säcke, die man auf den Boden wirft – ohne Abstützen –, oder sie fallen von Saloon-Dächern.

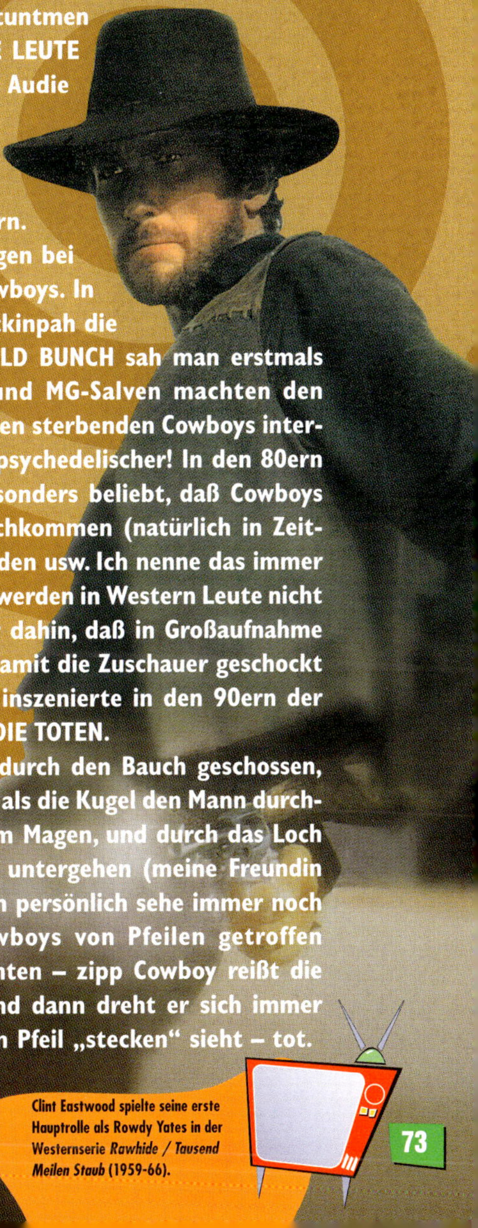

Wenn man genau aufpaßt, hört man deswegen bei manchen Fall-Szenen ein leises „Aua" des Cowboys. In den 70ern führte vor allem Regisseur Sam Peckinpah die Zeitlupengemetzel ein. In Filmen wie THE WILD BUNCH sah man erstmals groß das Blut spritzen, und Schrotflinten und MG-Salven machten den Todestanz der in bizarren Zeitlupeneinstellungen sterbenden Cowboys interessanter. Auch BONANZA wurde von 1970–72 psychedelischer! In den 80ern kam nicht viel Neues dazu. Es wurde nur besonders beliebt, daß Cowboys tödlich getroffen umfallen, immer wieder hochkommen (natürlich in Zeitlupe), dann wieder mit Kugeln eingedeckt werden usw. Ich nenne das immer „die Cowboys werden hochgeschossen". Heute werden in Western Leute nicht mehr normal erschossen, der Trend geht eher dahin, daß in Großaufnahme z. B. ins Auge geschossen wird. Ich nehme an, damit die Zuschauer geschockt sind. Die gewagteste Schußszene aller Zeiten inszenierte in den 90ern der Regisseur Sam Raimi in DIE SCHNELLEN UND DIE TOTEN.

Im Showdown wird einem Cowboy mitten durch den Bauch geschossen, die Kamera fährt in der Kugel-Perspektive mit, als die Kugel den Mann durchdringt. Zurück bleibt ein ganz schönes Loch im Magen, und durch das Loch gefilmt sieht man im Hintergrund die Sonne untergehen (meine Freundin sagt, das ist krank – ich fand's lustig). Aber ich persönlich sehe immer noch am liebsten, wenn in alten B-Western Cowboys von Pfeilen getroffen werden, nach dem Prinzip: Pfeil trifft von hinten – zipp Cowboy reißt die Augen auf, kurzes Erschrecken, Innehalten, und dann dreht er sich immer noch mal so seitlich zur Kamera, daß man den Pfeil „stecken" sieht – tot.

Clint Eastwood spielte seine erste Hauptrolle als Rowdy Yates in der Westernserie *Rawhide / Tausend Meilen Staub* (1959-66).

KOJAK

GRIECHISCHE Helden wie Kojak ziehen sich durch die ganze Menschheitsgeschichte, von der Antike über Costa Cordalis bis in die *Lindenstraße*. In dem Fernsehfilm *Kojaks Rückkehr* sprach Kojak erstmals über seine griechische Vergangenheit (O-Ton): „Ich bin ein Grieche mit mystischer Herkunft: Enigma." Das Rätselhafte daran ist, daß ein Krimi-Kommissar mit Lollipop so einen Fremdwörterschatz hat. Aristoteles „Telly" Savalas alias Theo Kojak war das erste Beispiel für Süßigkeiten-Product-Placement in Kriminalserien. Böse Zungen behaupten, daß Telly Savalas immer an allem geleckt hätte und sie ihm deswegen immer einen Lollie gegeben haben. Hätte auch blöd ausgesehen, wenn er an dem Magnetblaulicht auf dem Autodach während der Fahrt geschleckt hätte. Manche sagen, Theo hat so gerne an Lollies geleckt, weil sie so aussahen wie er. Jedenfalls war er mit seiner Lollie-Lutscherei kein gutes Vorbild für Kinder (jippie!) – Millionen Zahnärzte benutzten als Kariesvorsorge folgende Drohung: „Wenn du zuviel Süßigkeiten ißt, bekommst du eine Glatze wie Kojak!" In der Folge „Das Todeskarussel" erklärt Theo seine Dauerlutscher-Beziehung (O-Ton): „Einen besseren Trip als den gibt es nicht. Das ist mein Rauschgift." Dann schiebt er sich den Lollie rein. Der Ideal-Lutscher für Theo wäre Chupa Chups gewesen, der in den 90er Jahren mit dem genialen Werbeslogan „Leck mich!" antrat. Nebenbei bemerkt, ich finde ja, Chupa Chups mit diesem Werbeslogan wäre der ideale offizielle Sponsor für die internationalen Tennismeisterschaften „French Open" (oh, là, là!).

S. 38

Die Handlungen von *Einsatz in Manhattan* waren oft stereotyp: Ein Detective der Polizei und guter persönlicher Freund von Theo Kojak wird von einem Oberdealer bestochen. Dieser nimmt das Geld, weil er es für die Zahnspange seiner Tochter benötigt. Danach erpreßt der Oberdealer den eigentlich guten Cop, und er kann nicht mehr zurück. Bei der Schlußschießerei rettet der erpreßte Cop Crocker (Kevin Dobson) das Leben, er macht quasi seinen Fehler wieder gut. Dafür stirbt er. Kojak verspricht ihm noch, daß er sich um seine Tochter kümmern wird. Deswegen laufen in manchen Kojak-Folgen im Hintergrund kleine Mädchen mit Zahnspangen rum.

Mit seinem coolen Humor war Kojak für mich immer ein Vorbild. Als in der Folge „Der Patensohn" der Polizeiarzt am Tatort zu Kojak sagt, der Tote wurde erschossen, kommentiert er nur trocken: „Oh, das ist brillant. Sie sollte man Herzen verpflanzen lassen." Telly Savalas ist 1994 leider viel zu früh von uns gegangen. Griechischen Urquellen zufolge irrt Kojaks Geist jedoch durch die mächtigen Straßenschluchten Manhattans und klaut kleinen Kindern die Lollies. Jedenfalls muß ich bei jedem Lutscher, den ich mir kaufe, heute noch an meinen guten Freund Theo denken, und das wird immer so bleiben!

Telly Savalas erhielt ein Oscar-Nominierung für die beste Nebenrolle in dem Film *Der Gefangene von Alcatraz*.

DIE UNBESUNG

KLEINDARSTELLE

S. 7

Ich liebe es, wenn Kleindarsteller und Statisten am Rande Sätze sprechen dürfen. Sie machen dabei meistens so unpassende, freudige und überengagierte Gesichter und betonen gerne völlig falsch: „Madam, eine so schöne Frau wie sie, was macht die an so einem Ort." Sie wollen eben auf Teufel komm raus auffallen. Bei Winnetou hatten sogar einige jugoslawische Apachen ihre Indianer-Perücken schief aufgesetzt, was aber ihren blutrünstigen Charakter nicht gerade unterstützte – die sahen alle eher aus wie die Indianer aus der „Punica-Oase".

Der klassische Kleindarsteller ist für mich der Assistent Beeker im Versuchslabor von Dr. SM Honigtau Bunsenbrenner in der *Muppet Show*. Wenn Beeker wieder mal die Funktion einer Guillotine oder eine geheimnisvolle Flüssigkeit mit einem tapferen „mimimimimi" erproben mußte, waren unsere Herzen immer auf seiner Seite. Trotzdem träumte Beeker von mehr Text und einer Gastrolle bei „Schweine im Weltall" …

Die *Muppet Show* wurde vom amerikanischen Fernsehsender ABC abgelehnt, weil sie nicht dachten, daß Erwachsene sich eine Puppensendung ansehen würden. Jim Henson produzierte sie deshalb dann in England.

Die Besatzungs-Statisten an Bord der Enterprise dringen ja bekanntlich Lichtjahre von der Erde entfernt in immer neue Räume der Enterprise vor, die sie vorher noch nie gesehen haben. Aber keiner von ihnen konnte den Lift zur Brücke bedienen, und sie hatten auch meistens nur niedere Arbeiten zu erledigen. Da saßen zum Beispiel an jeder Schiebetür zwei Besatzungs-Statisten, die diese bei Bedarf synchron öffnen und schließen mußten und dabei akustisch mit einem Zischlaut untermalen: Gscht – Tür auf – gscht – Tür zu. In der Folge „Implosion in der Spirale" rennt Kirk einmal voll gegen die Lifttür – scheinbar waren die beiden Statisten gerade in der Mittagspause. Und ganz wichtig: Die Enterprise-Besatzungsstatisten bekamen ja nur dann in einer Folge mal eine Sprechrolle, wenn sie jeweils in derselben Folge getötet wurden. Also, wenn ein junger namenloser Offizier namens

S. 1

NEN HELDEN

ND STATISTEN

Johnson zum Sicherheitsteam (im roten Dreß!) auf einen fremden Planeten berufen wurde, dann wußte man eigentlich schon, daß er den nächsten Werbebreak nicht überleben würde …

Die gruseligsten Kleindarsteller gab es immer in Deutschland. Ich habe mich früher immer ganz schön gefürchtet, wenn bei *Aktenzeichen XY ungelöst* in den Filmberichten über ungelöste Mordfälle diese Laienschauspieler in 70er-Jahre-Klamotten beim Spaziergang über blutige Leichen (tote Statisten) stolperten. Der Standard-Kommentar vieler Leichenfinder-Komparsen klingt mir noch heute im Ohr: „Oh, da stimmt doch was nicht!" (mit Betonung auf „da" und „doch")

137

Die Gutausschau-Statisten der 80er Jahre, auch Models genannt, begannen in den 90ern im Fernsehen plötzlich zu sprechen. Bei Claudia Schiffer ist es vielleicht ja nur eine Illusion von David Copperfield. Aber eine grundsätzliche Frage zum Thema „Sprechende Models", liebe LeserInnen: Warum werden eigentlich Models interviewt? Gibt es irgendeine Information aus dem Mund eines Models, die irgend jemand auf dieser Welt benötigt, außer 90-60-90? Diese ehemaligen Idealmaße haben sich ja in den 90ern bei diesen halbverhungerten Models wie Kate Moss etwas reduziert auf 60-60-60. Wenn ich die Moos Kati in ihrer Obsession-Werbung sehe, denke ich doch nicht an Parfüm, eher an einen Spendenaufruf à la „Brot für die Welt". Die will man nicht ficken, sondern füttern (Entschuldigung, aber es ist doch so!). Und wie hungrig die heutigen Spindel-Models immer am Laufsteg nach vorne gehen. Ich habe immer das Gefühl, sie sind total konzentriert und denken sich dabei: „Wenn ich gut gehe, dann kriege ich einen Apfel!"

S. 149

„SCHI cueste cu maus cu elefanteo ... das war rumänisch!“ Schon die *Sendung mit der Maus* hat bewiesen: Information ist das halbe Leben. Das Fernsehen versorgt uns mit allen Info-Nährstoffen, die wir zum Überleben brauchen, und Info- und Ratgebersendungen sind im korrekten Deutschland ja immer sehr gefragt. Steigen wir mit der crashigsten ein: *Der 7. Sinn* (Speed der 70er), mit dem Fahrschullehrer der Nation, Egon Hoegen, versorgt uns seit über dreißig Jahren mit vorsorglich inszenierten Verkehrsunfällen, damit wir auch lernen, wie man am effektivsten ein neues Auto von der Versicherung bekommt.

S. 17

Lange Zeit habe ich geglaubt, daß immer, kurz bevor man einen Autounfall baut, die 7. *Sinn*-Erkennungsmelodie von der Kenny-Clarke-und-Francy-Boland-Bigband mit aufbrausendem Trommelwirbel ertönt (Augen auf, Ohren auf – Helmi ist da!). RTL machte 1996 einen aufwendigen Versuch, den 7. *Sinn* als Actionserie neu aufzulegen, mit *Alarm für Cobra II – Die Autobahnpolizei*. Der Sinn der Serie bleibt heute noch im Verborgenen – billige Jahreswagen werden zu Schrott gefahren, und dazwischen sprechen Menschen Text: Es wirkt mehr wie eine Beschäftigungstherapie für hyperaktive depressive Stuntmen. Die Menge der demolierten Autos verhält sich entgegengesetzt proportional zu den Gehirnzellen der Drehbuchautoren. Es wäre sicher noch viel spannender, Jürgen Fliege die Hauptrolle zu geben und die Serie umzubenennen in: „Alarm für Fliege 12 (Apostel) – Die Autobahnkapelle".

Der Neue Brockhaus definiert „Rat": „... eine hilfreiche Empfehlung, etwas zu tun; Vorschlag zur Abhilfe; Aneiferung; Beeinflussung".

S. 63

Die wichtigste Ratgebersendung des deutschen Fernsehens ist seit 1966 *Vorsicht Falle – Nepper, Schlepper, Bauernfänger* mit Eduard Zimmermann, bei der wir uns schon immer gefragt haben, was ist eigentlich ein Bauernfänger? Reitet da ein Cowboy durchs Dorf, schwingt das Lasso und ruft: „Hey, komm her, du Bauer!" Und wo werden die Bauern dann hingebracht? In jeder Folge von *Vorsicht Falle* läuft für mich der scheinbar gleiche Filmbericht: Eine alte Oma sitzt strickend in ihrer Wohnung, es läutet an der Tür. Sie öffnet einen Spalt, und draußen steht ein brutal aussehender Killerkerl mit Narben im Gesicht und Messer hinter dem Rücken. Ein Sprecher bemerkt noch nebenbei: „Die Rentnerin bemerkt nichts." Die Oma fragt besorgt: „Was wollen Sie denn?" Und der Killerkerl schnarrt ihr zu wie Klaus Kinski in seinen besten Edgar-Wallace-Tagen: „Ich bin herzkrank und wollte nur einen Schluck Wasser haben."

S. 137

S. 23

Die Oma öffnet ahnungslos mildtätig die Türe: „Ja, kommens rein, das Wasser steht hinten neben der Schmuckschatulle." Hey, und wir haben uns immer gefreut, daß diese alten reichen Vetteln endlich mal so richtig ausgeraubt werden. Man mochte dem Nepper immer noch zurufen: „Nimm noch den Fernseher mit!"

In den 80er und 90er Jahren erreichte die Nachfrage nach immer mehr und härteren Informationen eine neue Dimension, die Fernsehform des „Infotainment" war geboren. Von nun an werden in „Infotainment"-Sendungen Nachrichten und Informationen nach ihrem Unterhaltungswert ausgesucht, um dem/der NormalbürgerIn beim Abendessen zu zeigen, daß es immer noch schlimmere Psychopathen und ärmere Schweine gibt als ihn/sie. Die Redaktionen von Sendungen wie *Brisant*, *blitz* oder *taff* jubeln am Mittag, wenn wieder irgendwo ein paar deutsche Touristen entführt wurden – ein supergeiler „Aufmacher" (gebt uns die *Drehscheibe* zurück!). Ich möchte an dieser Stelle einen Spendenaufruf starten für *Die Redaktion* auf RTL2 mit den ärmsten ossigsten Reportern aller Sendungen: Bitte spendet Geld, damit die sich mal anständige Klamotten kaufen können (für Gesichtsoperationen wird es wohl leider nicht reichen)! Barbara Eligmann in *Explosiv* ist ja die Mutter des Hardcore-Boulevard-Infotainment. Ihre Lieblingsthemen werden immer wieder neu peppig aufbereitet, vor allem Kinder in allen handelsüblichen Reportageformen: tot, entführt und mißbraucht – die Heultherapie mit der Holzhammermethode. So kommen Voyeuristen in den 90ern voll auf ihre Kabelgebühren. Mit Wehmut denke ich da an die guten alten NachrichtensprecherInnen-Ikonen wie „Dagmar-ich-sage-charmant-die-Wahrheit-Berghoff" oder „Wilhelm-lügen-sollen-die-anderen-Wieben". Eine der letzten Bastionen der Wahrheit ist heute noch *Frontal* mit Kienzle und Hauser, quasi Beavis und Butthead des ZDF.

Von bisher rund 2700 behandelten Kriminalfällen bei *Aktenzeichen XY ungelöst* sind zirka 1100 aufgeklärt und ca. 2200 Tatverdächtige festgenommen worden.

Es waren unter den in der Sendung gesuchten mutmaßlichen Tätern:
566 Personen, denen Mord vorgeworfen wurde
579 Personen, denen Raub zur Last gelegt wurde
455 Personen, die als mutmaßliche Betrüger gesucht wurden
141 Einbrecher
13 Terroristen
8 Geldfälscher
7 Brandstifter
1 Flugzeugerpresser
1 Schmugglerbande

(Stand letzte Folge von Zimmermann)

S. 83

Die neueste Ratgeberschiene der Privatsender sind ja eigentlich Info-Spots zwischen den Sendungen spät in der Nacht, die ganzen Sex-Hotlines wie „666-69-69" (was für eine Nummer!). Realismus pur – artikulationsgestörte nackte geile Girls zwicken und fassen sich an all ihre primären Körperteile, als ob sie es nicht glauben können, daß sie nun wirklich im Fernsehen sind. Da flüstert zum Beispiel eine unsympathische Krähe mit Brustballonen lasziv aus dem Fernseher (O-Ton): „Du erkennst mich daran, daß ich die richtige Nummer wähle." (!?) Ich will mit Anal-phabetinnen keinen Telefonsex machen! Das Ganze wirkt auf mich mehr wie ein brunftiges Dolly-Buster-Gedächtnis-Befingern mit Artikulationsversuch, und es erinnert mich immer an einen Serientitel aus den 70ern: *Die Bären sind los.* Neulich habe ich nachts ferngesehen, da kam hinter dem sechsten Sex-Hotline-Spot eine Werbung für Fleckenmittel (Skip) mit dem Text: „Oh Schreck oh Schreck oh Schreck, ein Fleck!" – das war dramaturgisch und effektiv das Durchdachteste, was ich seit langem gesehen hatte. Der neueste Trend sind sogenannte Wahrsager-Hotlines. „Wir sagen dir die Zukunft voraus" und ähnliche. Ich habe mal so eine übersinnliche Hotline angewählt, und die Person an der anderen Leitung sagte, sie wollte mich gerade anrufen (hä?). Wie sprach doch der große Zauberer Catweazle, als er während einer Folge einen Telefonhörer fand (O-Ton): „Komm, du magischer Zauberknochen, rede zu mir durch deine Geister."

S. 150

Es mag vielleicht manche LeserInnen verwundern, in diesem Kapitel das Thema „Gefängnisserien" zu finden. Aber diese semidokumentarischen Meilensteine der Fernseh- und Filmgeschichte haben uns immer bestens mit Informationen von „drinnen" versorgt. Wir wissen nun, daß das Leben hinter Gittern hart ist und nichts für zarte Weicheier. Wenn zum Beispiel drei brutal aussehende Mitgefangene in deine Zelle kommen und fordern: „Hi, ich bin Tom, das sind Uwe und Hans, wir werden Sex mit dir machen", dann hilft es nicht zu erwidern: „Nein danke, ich würde lieber ein bißchen lesen." Seit einiger Zeit gibt es nun Deutschlands erste echte Knacki-Soap auf RTL: *Hinter Git-*

S. 139

tern – Der Frauenknast (klingt eigentlich vielversprechend). Hat das von Euch schon mal jemand ohne Lachanfall ausgehalten? Diese Serie ist inhaltlich auf dem Niveau amerikanischer 70er-Jahre-Softsex-Knastfilme, in denen Frauen in engen nassen zerrissenen T-Shirts und spärlichen Knast-Tangas ganz böse böse böse behandelt werden – nur halt bei RTL ohne gute Titten (überraschenderweise). *Hinter Gittern – Der Frauenknast* ist wie Sitcom – nur ohne Lacher. Oder soll die Serie zeigen, daß grottenschlechte Laienschauspielerinnen wenigstens im Knast noch eine körperliche Überlebenschance haben? Ich hätte da noch einen Gefängnisserien-Vorschlag: Man sollte einfach um den *Musikantenstadel* eine hohe Gefängnismauer errichten und abfilmen, was dann drinnen passiert. Karl Moik als sadistischer Aufseher würde vielleicht so zarten Neuankömmlingen wie Patrick Lindner das Leben zur Hölle machen. In Fieberwahnanfällen phantasiert Patti dann vom „kloanen Türl zum Paradies". Die brutale Bavaria-Knast-Gang „Die Drei Zwidern" würde Stefan Hoss Mross wahrscheinlich beibringen, wie richtige Männer Trompete blasen. Maria und Margot Hellwig würden dann als jodelnde Aufseherinnen etwas Gaudi in den tristen Knastalltag bringen und beim nächsten Gefängnisaufstand erschossen werden.

S. 1

Der 7. Sinn: seit 1966 wurden über 1000 Autos zu Schrott gefahren.
Nach einer EMNID-Umfrage haben 51% der Zuschauer schon einmal eine Anregung der Sendung im Verkehr genutzt.

Die barmherzigste Ratgebersendung aller Zeiten ist immer noch *Das Wort zum Sonntag*. Für die einen ist es Seelendoping, für die anderen die längste Pinkelpause der Welt. Für mich ist es die katholische Version vom *Sandmännchen*: Du kannst machen, was du willst, der Zwang zum Einschlafen ist immer größer. Vielleicht liegt es auch an den wechselnden Laienmoderatoren, charismatische Langweiler, die normalerweise in Kneipen an Ecktischen vor sich hinbrabbeln, und keiner hört ihnen zu. Darum fordere ich: Laßt endlich populäre Stars *Das Wort zum Sonntag* moderieren! Zum Beispiel die arbeitslose Maren Gilzer könnte der Sendung als „Der Buchstabe zum Sonntag" einen ganz neuen Dreh geben: Auge um Auge, Konsonant um Konsonant. *Das Wort zum Sonntag* sollte auch wieder zum Anlaß genommen werden für die zentrale Frage: „Guckt Gott auch Fernsehen?" Ich denke, er hat das definitiv beste TV-Live-Programm des Universums: Uns! Vielleicht hat er uns Menschheit auch nur geschaffen, um sich so mit dieser Menschen-Soap-Sitcom die Zeit zu vertreiben ...

S. 46

Vorsicht Falle **startete am 13. März 1964. Fast genau 34 Jahre später übernimmt Eduard Zimmermanns Tochter Sabine die Sendung.**

EXPLOSIV

Es gibt ja Leute, die behaupten, die einzig legitime männliche Nachfolge von Eduard Zimmermann sei Barbara Eligmann in *Explosiv*, der „Ich-steck-meine-Nase-in-Dinge-die-mich-einen-Scheißdreck-angehen-Show". Bei Dynamit-Babsis ganz besonderem Charme – einer Mischung aus einer Black-und-Decker-Bohrmaschine und einem engagiert-arroganten Ulrich SAT.1-Meyer – fragt man sich jedoch: Ist sie für einen Mann nicht viel zu hart? Barbapapa EligMann machte ihren ersten O-Ton nach dem Klaps bei ihrer Geburt zu ihrem Markenzeichen: „Guten Abend, mein Name ist Barbara EligMann, schauen Sie zu!" Rambo könnte diesen Satz nicht härter in die Kamera schleudern. Das erinnert mich an den Vorspann alter Edgar-Wallace-Filme, zuerst ein Maschinengewehr und dann: „Hello, hier spricht Edgar Wallace!" Vor einiger Zeit saß ich etwas müde vor der Glotze, schaute *Explosiv*, und ich dachte mir, hey, der Barbara sieht heute aber gut aus, lange blonde Haare, gut mondän geschminkt, peppige Kleidung, Hausfrauen-Lächeln – doch da hatte ich sie mit Frauke Ludowig von *Exklusiv* verwechselt. *Exklusiv – Das Starmagazin* ist ja die Sendung der Reichen und Schönen, und *Explosiv* mehr die Sendung der Armen und Kranken. Ich sage immer: Bei *Explosiv* liegt das Kind im Brunnen und schreit, bei *Exklusiv – Das Starmagazin* liegt das Kind im Schlafzimmer von Michael Jackson und schreit. Ludo-Frauke ist aber viel netter und freundlicher zu uns als der Barbara. Vielleicht, weil sie im echten Leben eine gelernte Metzgerstochter ist und lange Zeit im elterlichen Betrieb mitgeholfen hat. Ich wußte es doch, das kann nur das Lächeln einer eingefleischten Fleischwarenfachverkäuferin sein. Wenn EligMann von Metzgern abstammen würde, dann hätte ihr TV-Magazin sicherlich anders ausgesehen: „Exzessiv – Die Star-Metzgerei. Ihre Fernsehlieblinge ausgenommen, gut abgehangen und geräuchert".

S. 58

Im tiefen Tal der Superglotzer

AUCH als Erwachsener wollte und will ich mir meine schöne Fernsehwelt nicht vermiesen lassen. Zum Beispiel merkte ich während meines Amerikanistik- und Kommunikationswissenschaften-Studiums schnell, daß ich mit meiner Liebe zum Fernsehen mehr oder weniger ein Ausgestoßener war. Da stand ich oft neben einer Gruppe von hippen Studenten, die Film und Fernsehen nur auf der sogenannten Kunstebene akzeptierten und hochtrabend cineastisch argumentierten:

„Hast du schon den neuen Film von Ingmar Bergman gesehen? So filigran und entlarvend in der Gefühlsaussage!" Also, ich glaube ja, eine Folge von *Diese Drombuschs* hätte uns Bergmans Film *Szenen einer Ehe* ersparen können. Die meisten Studenten konsumieren Kino oder Fernsehen ja nicht zur reinen Unterhaltung, sondern nur, um sich nachher an der Uni darüber „wissenschaftlich" zu unterhalten: „Der neue Wim-Wenders-Film, der ist so ... weit!" Da stand ich dann daneben und erwiderte: „Ich hab' mir gestern im Double-Feature zum achten Mal *Stirb langsam I* und *II* ang'schaut. Saugut, wie filigran und doch effektiv der Bruce Willis seine Gegner niedermäht." (Bruce forever!) Sofort erntete ich von meinen Mitstudenten wieder nur so einen „Proleten-stinken-Blick". In solchen Fällen konterte ich schon mal mit meinem „*Dracula-jagt-Minimädchen*-Blick". Wenn so eine intellektuell-studentische Gruppe zusammenstand, hätte ich am liebsten einfach so salopp in die Runde geworfen: „Ingmar-Bergman-Filme sind scheißlangweilig, und Wim Wenders taugt höchstens zum Taubenfüttern!" Zivilcourage und Individualismus muß man doch als die höchsten Güter in unserer modernen Gesellschaft hochhalten, aber sie hätten es wahrscheinlich eh nicht verstanden. So bin ich wieder mal heimgegangen und habe mir lieber eine Folge *Dick und Doof* reingezogen.

S. 38

. 140

Wieso hat das Fernsehen eigentlich immer so einen niedrigen Stellenwert bei Medienwissenschaftlern und deutschen Intellektuellen? Ich weiß ja, daß „fiktionale Fernsehserien uns RezipientInnen oft in mehr oder minder effizienter Weise die Zeit vertreiben und als Vehikel zu eskapistischen Ausflügen in fremde Welten und illusionäre Wunschträume dienen". Aber fehlt da nicht noch irgend etwas? Ich habe ja mal den Film *Kein Koks für Sherlock Holmes* gesehen, in dem Sigmund Freud versucht, Holmes zu thera-

S. 7

S. 57

pieren (bei Columbo tut's eine Stinkezigarre). Plötzlich eröffneten sich mir subtile Querverbindungen zwischen Fernsehen und Psycho-Sigi. Wie wir alle wissen, interpretiert Freud die Träume der Menschen als ein Zeichen unterbewußter Wünsche und unterdrückter Psyche – und was ist das Fernsehen anderes als die Zusammenfassung aller Träume von Individuen in einer Gesellschaft und so die Bildwerdung innerer, psychologischer Konflikte? (sagt Tiefenpsychologe Dr. Michl M. in seiner Studie „Ich und mein innerer Fernseher"). Es kann natürlich auch sein, daß sich die Unterhaltungsindustrie einen Scheißdreck um die Träume der realen Menschen schert und einfach irgendwas produziert. Jedenfalls denke ich, wenn der Freud Sigi einen Fernseher gehabt hätte, vielleicht hätte er dann bei seinen Diagnosen weniger Kokain gebraucht … Hoffentlich werde ich für diese Bemerkung nicht von verbitterten Freudianern verfolgt werden und bin dann wie Dr. Kimble (David Janssen) einst *Auf der Flucht* – auf der Suche nach dem Einarmigen unter den Blinden (hui).

S. 152

Viele vergessen, daß Fernsehen auch für Erwachsene eine Therapie zur Stärkung des Selbstbewußtseins sein kann, zum Beispiel durch therapeutische Serien wie *Baywatch*. Daraus kann man wunderbar eines lernen: Wenn ein 40jähriger Bademeister mit schlechter Föhnfrisur und Brusthaartoupet bei allen beliebt ist und alle geilen Bikiniweiber haben kann, gibt es auch für einen selber noch Hoffnung auf ein Stück vom Glück. Andererseits, wenn du zu dir ehrlich bist, ist es doch so: Die Typen bei *Baywatch* sind Helden, haben einen Waschbrettbauch, und du kannst machen, was du willst, sie werden immer glücklicher sein als du (tja, *Das ist Ihr Leben*).

Heutzutage bekomme ich manchmal einen Realitätsflash, das heißt, bei den modernen Fernsehphänomenen glaube ich nicht mehr alles, was ich im Fernsehen sehe. Sind Ähnlichkeiten von Handlungen der Daily Soaps mit noch lebenden Personen rein zufällig, oder gibt es wirklich so viele Doofis?

Soaps üben ja für eine große Masse unserer Gesellschaft eine quasi magische Anziehungskraft aus, viele glauben an die reine Kompensationsfunktion von diesen seriell aufbereiteten „Alltagsrealitäten“ (nicht schlecht, gell?). Ich habe mal aus wissenschaftlichen Gründen einen radikalen Selbstversuch gestartet und eine Woche lang jede Folge von *Gute Zeiten, schlechte Zeiten* angeguckt. Es ist wie bei der *Space Night* spät nachts im Bayrischen Fernsehen, man verliert völlig das Raum-Zeit-Gefühl. Ich finde ja, bei Soaps sollte immer unten am Bildschirm so eine Spruchleiste laufen: „Achtung, Achtung, dies ist alles nur eine Fiktion und hat nichts mit dem Leben normaler Menschen zu tun … bitte nicht imitieren … wer dies hier glaubt, ist doofer als die Hauptdarsteller …!“ Aber auch in Filmen ist es oft schwer, Realismus zu finden. Nehmen wir mal den zwischenmenschlich wertvollen Film *9½ Wochen*. Da poppt der Rourke Michl die Basinger Kim neuneinhalb Wochen durch seine Wohnung, aber es passiert nie, daß der mal aufs
130 Klo muß oder daß irgendwo eine fleckige Unterhose rumliegt. Der Kühlschrank füllt sich auch immer wie von selbst mit eßbaren Sachen, die man sich scheinbar bedingungslos auf den Körper streichen kann, um sie dann wieder abzuschlecken (ganz ehrlich, ich würde das gerne mal mit Nutella probieren).

Die höchste Sehbeteiligung bei *Gute Zeiten, Schlechte Zeiten* war bisher 6,26 Millionen Zuschauer (Marktanteil: 31%) am 26. Januar 1998.

Bei mir in meiner Wohnung hat es eher immer ausgesehen wie im Zimmer von Oscar Madison (Jack Klugmann) in der Serie *Männerwirtschaft*: Jeder alte Socken und jedes angebissene verschimmelte Stück Brot hat seine ganz spezielle Daseinsberechtigung

und gibt dem Raum durch seine bloße Existenz seine besondere Note. Und der pedantische Saubermann Felix Unger (Tony Randall) hätte Kim Basinger im Bett nie mit Essen eingerieben – wegen der Sauerei danach.

Die AGF Arbeitsgemeinschaft Fernsehforschung (ARD, ZDF, RTL, SAT.1, PRO7, Kabel1, RTL2) hat mit der GfK einen Vertrag für die Quotenmessung abgeschlossen. Laufzeit: bis Ende 1999, mit einer Option bis 2001. Die AGF zahlt jährlich dafür rund 28 Millionen Mark, jeden Morgen die Einschaltquoten des Vortagsprogramms zu erhalten.

Als Erwachsener hat es mich dann natürlich auch mal interessiert, wo eigentlich die kleinen Quoten herkommen. Mittlerweile habe ich erfahren, daß die Nürnberger Gesellschaft für Konsumforschung (GfK) die Quoten im Auftrag der Sender ermittelt: 4700 repräsentativ ausgewählte deutsche Haushalte geben mittels eines Quotenmeßgeräts (GfK-Meter, scheinbar eine ganz spezielle Fernbedienung) ihre persönlichen Daten ein, die GfK protokolliert das TV-Sehverhalten und rechnet über Nacht die Daten hoch. Hey, würdet Ihr nicht auch mal gerne jemanden von diesen repräsentativen Testpersonen kennenlernen? Ich habe bisher noch nie einen von denen getroffen. Wo sind diese paar tausend Fernsehgucker, die unser TV-Programm beeinflussen? Werden die dafür auch noch bezahlt, daß sie dasitzen und juchzen: „Aah, Uschi Glas in *Anna Maria*, das ist super!" Was sind das für Menschen? Werden die in abgedunkelten Räumen bei Wasser und Brot gehalten? Haben die genaue Vorgaben: „Ihr dürft erst aufs Klo gehen, wenn Ihr *Hans Meiser* angesehen habt!" Ich habe mich mal bei der GfK beworben, aber die haben mich einfach abgelehnt, mit der Begründung: „Man macht einen Drogensüchtigen auch nicht zum Apotheker." (Ha ha ha!) Ich dachte, die brauchen einen wirklich repräsentativen Querschnitt aus der Bevölkerung – und wir TV-Junkies sind da draußen immer und überall! Und überhaupt fühle ich mich von den Repräsentativen nicht gut vertreten, ich glaube nicht, daß jemand so fernsieht wie ich! Trotzdem würde ich gerne mal einen von denen näher kennenlernen, vielleicht trifft man sich auf ein Bier oder schaut auch mal zusammen fern. Ich würde mich mit ihm/ihr anfreunden und natürlich beeinflussen. Vielleicht kann man die Quoten ja qualitativ hochschlafen? Was würde ich beispielsweise nicht alles für eine Wiederholung aller Folgen von *Catweazle* tun. Für viele stellt sich hier wieder mal die Frage aller Fragen: „Macht Fernsehen blöd – oder machen Blöde Fernsehen?" Das Fernsehen ist doch nur ein Spiegel unserer Gesellschaft – ups, da kommt schon wieder ein Einarmiger (s. o.) …

S. 139

Ich habe mich nunmehr meinem Schicksal gefügt und eingesehen, daß mein Platz in der Gesellschaft halt der Fernsehsessel ist. Trotzdem denke ich schon mal ab und zu über den Tod nach und was danach kommt. Aber ich habe da vor vielen Jahren meine innere Ruhe gefunden bei *MacGyver*, dem Improvisations-Gott mit dem Schweizer Messer. In der Folge „Fähre ins Jenseits" fällt MacGyver ins Koma, aber irgendwie bastelt er sich wieder zurück (er ist schon ein Fuchs!), und dann sagt er am Schluß folgende weise Worte, die mich hoffen lassen (O-Ton): „Der Tod ist nichts Schreckliches. Ich halte ihn nicht für das Ende der Existenz. Es ist vielmehr eine weitere Stufe unserer Entwicklung – eine Idee, die ich meinem Großvater verdanke." (Die Frage ist nur, ob der erwähnte Großvater schon tot ist?) Entschuldigung, ich hätte da noch eine Frage: Wenn ich mal sterbe – läuft dann in diesem Moment, ähnlich wie bei der Johnny-Walker-Werbung, vor meinem geistigen Auge das komplette Fernsehprogramm der letzten 30 Jahre ab?

S. 57

Ich hoffe, dieser Flash ist mir gnädig gestimmt und beschränkt sich mehr auf alle guten Serien!

S. 98

MacGyver benutzt in der Serie Schweizer Offiziersmesser zweier verschiedener Fabrikate: Firma „Victorinox" aus Schwyz und „Wenger" aus Delemont.

DIE SCHÖNSTEN

„Entzückend, jetzt wissen wir wenigstens, daß unser Mann ein Leck hat."

Kojak, nachdem er erfahren hat, daß ein Mörder noch von seinem Opfer angeschossen wurde (Griechen waren in Metaphern immer schon gut).

„Ich sage dir, ihr Arm sieht aus wie eine ausrangierte Pinwand."

Kojak zu Crocker (Folge „Das Todeskarrussel") beim Betrachten der Leiche einer Fixerin.

„Ihr Puls beträgt 242 in der Minute, und Sie haben fast keinen Blutdruck, Sie sind ein biologisches Wunder. Vorausgesetzt, Sie nennen diese grüne Flüssigkeit in Ihren Adern Blut."

Pille („Spitze des Eisbergs") zu Spock, nachdem er ihn untersucht hat.

„Spock, Sie sind ein Sexmuffel!"

Kirk zu Spock in der Folge „Gefährliche Planetengirls".

„Weißt du, warum sich ein Rüde die Eier leckt? Weil er's kann!"

Mario Adorf als SuperMarioPate von Frankfurt in Dieter Wedels Fernsehvierteiler *Der Schattenmann*.

„Nicht in diesem kotzigen Ton, Sohnemann! Lümmel, dir hau' ich die Diele aus der Halskrause!"

Danny Wilde (Tony Curtis) aus *Die Zwei* („Der große Lomax") nach einer ruppigen Aufforderung eines bösen Gangsters.

TV-SPRÜCHE

„Übrigens haben wir heute einen ganz besonderen Tag: Spock, Dr. McCoy und Mr. Scott sind ausnahmsweise mal der gleichen Meinung, hoffentlich ist das keine Krankheit?“

Captain Kirk am Schluß der Folge „Strahlen greifen an“.

„Eine blödsinnige Art zu reisen, die Moleküle eines Menschen durch den Weltraum zu schießen.“

Pille („Tödliche Wolken“) zum Thema „Beamen“.

„Man muß einfach beim Transporter den diagnostischen Zyklus einstellen, daß sich das Muster nicht abbaut, und ihn mit den Phasen-Induktoren verbinden, um eine regenerative Energiequelle zu erhalten.“

Scotty zu Commander LaForge („Besuch von der alten Enterprise“) auf die Frage, wie er 75 Jahre im Transporter-Beamstrahl überleben konnte.

„Nehmen Sie diese Sache nicht auf die leichte Schulter!“

Waschmaschinen-Experte Dieter Würgy in der Calgon-Werbung.

„Sie immel blüllen. Ich habe gute Ohlen, abel Sie immel blüllen!“

Hop Sing in der *Bonanza*-Folge „Eine Falle ür Little Joe“, nachdem Ben Cartwright ihn laut aufforderte, das Essen zu machen.

„Und das bei dem heutigen Personalmangel!“

Eddie Arendts Kommentar (im Wallace-Film *Der Hexer*), als der Butler Klaus Kinski tot aus dem Essensaufzug fällt.

„Zauberei hat mich geblendet. Ich bin blind … Ich sehe wieder. Wie hast du den Fluch von mir genommen? O Meister der magischen Künste, laß mich dir dienen. Er zaubert die Sonne in eine Flasche hinein. Enthülle mir deinen Elektrik-Trick.“

Catweazle zu einem kleinen Jungen („Die Normannen kommen“), nachdem dieser zuerst das Licht einer Glühbirne eingeschaltet und danach wieder ausgeschaltet hatte.

DREI ENGEL FÜR MICHL

PRIVATDETEKTIV, Stuntman und Agent, all das war ich in meiner Jugend auf einmal! Die Mutter aller Agentenserien ist für mich immer noch *Kobra, übernehmen Sie*. Ein erstklassiges Konzept: Eine Gruppe von vier hochspezialisierten Agenten (I.M.F. – Impossible Missions Force), unter der Leitung von Jim Phelps (Peter Graves), unterbindet terroristische Aktivitäten kleiner, kommunistisch unterwanderter Länder und unbekannter Fürstentümer, zum Beispiel Camagua, Logosia oder Svardia.

Meine absolute Lieblingsszene ist die, wenn sich die Nachricht auf dem Tonband selbst zerstört, nachdem sie den „unmöglichen Auftrag" wiedergegeben hat – es macht fizzzz! Das ist und bleibt High-Tech in Vollendung. In einer deutschen Version hätte dieser Vorgang wahrscheinlich etwas ärmer ausgesehen: Da hätte dann ein Mitarbeiter der Deutschen Bundespost oder Walter Spahrbier selbst die Nachricht mündlich überbracht und wäre dann explodiert oder hätte sich danach selbst verbrennen müssen.

Dan Briggs, der Kopf bei *Mission Impossible,* wurde zuerst von Steven Hill gespielt. Dieser wurde nach einer Saison ausgetauscht, weil Hill, ein orthodoxer Jude, sich weigerte, am Freitag nach Sonnenuntergang bis zum Samstag zu drehen.

Die Serie *Kobra, übernehmen Sie* hatte dieses Prinzip meiner Meinung nach vom Vorspann der Serie *Bonanza* abgeguckt: Nachdem die Landkarte eingeblendet wurde, ist sie von selbst in Flammen aufgegangen! Im *Mission Impossible*-Film mit Tom Cruise hätte ich gerne seiner unsympathischen Frau Nicole Kidman die Rolle als Tonband gegeben – fizzzz!

S. 69

Ich möchte in diesem Kapitel besonders die wahren Abenteurer der Moderne würdigen: Privatdetektive, diese selbständigen Grenzfiguren des Action- und Krimigenres, die sich stets heldenhaft den Sorgen und Nöten verfolgter Bürger und hilfloser Frauen annehmen – gegen einen guten Tagessatz, versteht sich.

Zum Beispiel gab es *Magnum*, eine Actionserie über einen Parade-Privatdetektiv. Oder war das Ganze doch nur eine Fassade für sexuelle Abgründe im hawaiianischen Paradies? Der muskulöse Privatdetektiv Thomas Magnum alias Tom Selleck (Magnum ist übrigens die Bezeichnung für besonders große Waffen!) in knappen, blutstau-engen Shorts, stets halb aufgeknöpften, modisch-bunten Hawaiihemden und einem klassischen Leder-Szene-Oberlippenbart lebt in einer schicken Villa zusammen mit Jonathan Quayle Higgins III (John Hillerman). Higgins ist eine Art überkorrekter strenger britischer Kolonialherr, oft in Reithosen und mit Reitgerte in der Hand – also, wenn einer die Brücke am Kwai gebaut hat, dann er. Magnum nennt ihn meist zärtlich „Higgi-Baby", und Gesellschaft haben die beiden noch von den beiden Dobermännern in Nietenhalsbändern „Zeus" und „Apollo" (jetzt wird es aber ...). Als Langnese in den 90ern das Eis „Magnum" herausbrachte, war es für uns Jungs anfangs schon eine Umstellung – der Gedanke, gerade an Magnum zu lecken bzw. zu lutschen, hat schon etwas Seltsames an sich. Man hat immer das Gefühl, daß gleich Higgins wütend um die Ecke kommen und mit einem eifersüchtigen Blick rufen würde: „Aber Thomas!" Dann darf er sicher wieder nicht mehr mit seinem roten Ferrari spielen!

Von 1981-85 wurde in der Original-Version Robin Masters, der Chef von Magnum (den nie jemand zu Gesicht bekam), von Orson Welles gesprochen.

Apropos Action und Autos, irgendwann in den 80ern kam das Unheil ins Fernsehen in Form eines Autos und seines Lovers, Michael Knight alias David Hasselhoff, der seine Karriere mit *Knight Rider* startete. Nie waren Mann und Maschine öffentlich so ohne Scheu intim wie Michael Knight und sein Auto K.I.T.T.! Sie streiten sich sogar manchmal, obwohl es Hassel Michel an Eloquenz mit seinem Auto einfach nicht aufnehmen kann. Aber das Ganze war eigentlich nichts Neues für Millionen deutscher Hausfrauen, die seit Jahren das Gefühl haben, daß ihre

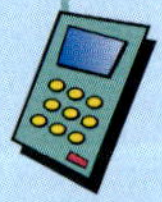

S. 144

Männer mehr zärtliche Aufmerksamkeit auf ihr Gefährt als auf ihre Gefährtin verwenden. Aber K.I.T.T. bleibt in der Serie hart: „Verzeihung, Michael, aber wenn der hübsche Aushilfstankwart von DEA mir den Benzinzapfen einführt und Super einfüllt, dann kannst du mit deinem Wagenheber einpacken, und ich vergesse alles um mich rum."

S. 41

Im Vorspann von *Knight Rider* heißt es immer (O-Ton): „Er kommt – Knight Rider, ein Auto, ein Computer, ein Mann" – hey, das sind ja gleich drei Wünsche auf einmal. Und weiter heißt es: „Knight Rider – ein Mann und sein Auto kämpfen gegen das Unrecht", was für mich klingt wie eine ganz normale Autofahrt im Feierabend-Berufsverkehr. Also, ich muß sagen: Ich finde den *7. Sinn* spannender!

Eine Besonderheit bei *Detektiv Rockford*: Er bewahrt seine Pistole bei Nichtgebrauch in der Keksdose auf.

S. 78

Meine Lieblingsprivatdetektivserie ist *Detektiv Rockford – Anruf genügt*. Ich prüfe aber heute noch, ob die Erfindung des Anrufbeantworters in den 70er Jahren mit der Serie irgendwie kommerziell zusammenhing. Für 200 Dollar am Tag plus Spesen war Jim Rockford (James Garner) zu haben, das ist wohl in etwa der Stundensatz von Jenny Elvers; im Gegensatz zu ihr verzichtet Rockford aber meistens auf sein Honorar und hilft seinen Klienten mehr aus Sympathie-Gründen. Rockfords Vater Joseph, genannt Rocky (Noah Berry), mischt sich immer ein und schleppt dauernd schlechte (d. h. pleite) Klienten an. Deswegen wird Rockford in jeder zweiten Folge zusammengeschlagen – er war quasi der Masochist unter den Privatdetektiven. Ich finde, keiner konnte den meistgesprochenen Satz aller Privatdetektive und Cops so charmant rüberbringen wie Jim – immer wenn er gerade in Schwierigkeiten und ins Schwitzen kam, schimpfte er seufzend: „Ich bin zu alt für diese Scheiße!"

***Knight Rider*: Das Auto K.I.T.T. (Knight Industries Two Thousand) ist ein umgebauter schwarzer Pontiac Trans-Am. Es kann bis zu 450 km/h fahren, sprechen und über Hindernisse springen.**

DIE Glamour-Actionserie der 70er Jahre, *Drei Engel für Charlie*, hat ja vor allem uns Buben beeindruckt: Die Stimme eines ominösen Mannes (Charly – Charles Townsend), der Besitzer einer Detektivagentur, gibt immer drei heißen Ex-Polizistinnen (ohne Büstenhalter) Befehle, und die drei (Farrah Fawcett, Kate Jackson, Jaclyn Smith) scheuen keine Körperherzeigkosten und Föhnmühen, ihre heiklen Aufträge zu erledigen (quasi mit Haut-und-Haar-Einsatz). Und was sagt uns dieses Gleichnis? Folgen auch geile Power-Girls der Stimme des Herrn? Ich habe früher oft versucht, am Telefon so zu klingen wie der Charly: „Also, Mädchen, nach der Disco fahren wir zwei spät nachts noch an den Baggersee, um nach dem gefährlichen Nacktbademörder zu recherchieren!“ – Um ehrlich zu sein, geklappt hat das nie. Für die einen ist *Drei Engel für Charly* eine Dauerwerbesendung für Lipgloss – für mich ist es die härteste Föhn-Actionserie der Welt. Ich glaube ja, daß die Engel im Versuchslabor des Gard-Haarstudios gecastet wurden.

Farrah Fawcett alias Jill Munroe hat bewiesenermaßen mit ihrer gigantischen Löwenmähne Hunderttausende von Dorfschönheiten, Provinzschlampen und Friseusen beeinflußt. Die drei Engel waren eindeutig immer voll „drei Wetter tough“ (verstanden?): 14 Uhr – Höhle des Löwen – die Mähne hält! Die Engel sind hochprofessionell: Sie stolpern, meist in Shorts, tiefausgeschnittenen Abendkleidern oder in „Ich-kann-fast-den-Haaransatz-sehen-Bikinis“ (auch auf schneebedeckten Bergen) über die Lösung ihrer Fälle, zum Beispiel entdeckt Jill auf der Suche nach ihrem Fußkettchen Drogen. Kritiker der Serie meinen noch heute, daß die drei durch ihr sexy Äußeres lediglich als attraktive Objekte zur Schau gestellt werden – das kann schon sein, aber das war uns Buben eigentlich egal, solange Jill im Bikini einen Karatekampf am Pool zu absolvieren hatte.

S. 100

Farrah Fawcett sagte zum damaligen Erfolg der Serie (O-Zitat): „Als wir die Nummer 3 bei den Einschaltquoten waren, glaubte ich noch, es hätte etwas mit unserer Darstellung zu tun. Als wir die Nummer eins wurden, wußte ich, es hatte nur einen Grund: Keine von uns trug einen Büstenhalter." Wahre Worte und frühe Erkenntnisse – sie ist auch als erste aus der Serie ausgestiegen.

Farrah Fawcett-Majors war vor der Serie *Drei Engel für Charlie* ein Wella-Balsam-Model.

Kommen wir zu Actionserien mit ganz eigentümlichen Auswirkungen auf Kinder und Männer, wie zum Beispiel *Das A-Team*: Muskelmann B. A. Barracus (Mr. T aus *Rocky III*) hat Millionen Proll-Burschen gelehrt, daß dicke Goldkettchen wohl stark machen müssen. Dabei hat die Gruppe um Hannibal Smith (George Peppard) bei Schießereien nie jemand getroffen (Kinderkacke – da würde ja Clarence besser treffen). Diese Freischärler wurden von der amerikanischen Militärpolizei gejagt, für ein Verbrechen, das sie nicht begangen hatten – hört sich an wie früher zu Hause, wenn man angeblich was ausgefressen hatte (vielleicht hätten wir uns auch zu Kinder-Teams zusammenschließen und uns wehren sollen).

Bei *Ein Colt für alle Fälle* waren wir Männer immer dem Vorspann völlig ausgeliefert, wo Jody Banks (Heather Thomas) im knappen Bikini durch eine Saloontür ins Bild kommt, da hätte Stuntman Colt Seavers (Lee Majors) statt Kautionsflüchtigen auch Schmetterlinge jagen können ...

Boy George zahlte 42 000 britische Pfund, um in einer Episode des *A-Teams* mit seiner Band Culture Club einen Gastauftritt zu ergattern.

1985 kam dann MacGyver, der Prototyp eines neuen Actionhelden, der uns Männern quasi als Vorbild hingestellt wurde. MacGyver (Richard Dean Anderson), der Daniel Düsentrieb der Pfadfinder im Camel-Look (immer eine gute Erfindung pro Tag), löst Probleme nie mit Gewalt (wo wir Männer sonst halt gerne zur Konfliktlösung erst mal zuhauen und dann diskutieren). Er erfindet immer irgend etwas aus Dingen, die einfach so rumliegen – in einer Folge bastelt er zum Beispiel eine Bombe aus Blumenerde, Pflanzenfasern und Öl. Laut der Technischen Universität von Kalifornien, die alle Erfindungen nachgeprüft hat, stimmen alle MacTricks.

S. 38

In der Serie lassen sie aber (tatsächlich!) immer einen wichtigen Bestandteil aus, damit nicht plötzlich eine Armee von MacKindern mit Bomben und Sprengkörpern die Welt bedroht ... Am Schluß von fast jeder Folge sitzt SuperMacMarioGyver mit einem besten ehemaligen Schulfreund, zum Beispiel dem Piloten Jack Dalton (taucht mit eigenem Flugzeug immer in einer Folge auf, in der Mac später irgendwo rausgeflogen werden muß!), oder einer guten alten Bekannten (vorzugsweise Penny Parker) in der Falle bzw. Todesgefahr (!).

Meist passiert dies in einer Hütte, in einem alten Fabrikgebäude oder in einem Keller. Die Zeitbombenvorrichtung kann er natürlich locker mit dem Dosenöffner seines Schweizer Messers unschädlich machen (er war Bombenentschärfer in Vietnam und im Kindergarten!). Und viele Frauen geraten ins Schwärmen: „Der ist unrealistisch, aber süß!" Aber Frauen, schaut doch mal hin – er hat eine 80er-Jahre-„Vo-ku-hi-la-Frisur"! (he he) Merke Dir, lieber Leser, sage daheim zu Deiner Freundin nie etwas Abfälliges gegen den MacGyver, weil man dann gleich zu hören bekommt: „Du kannst ja nicht mal das Fahrrad reparieren!" Ich bin da ja sowieso mehr von der 70er *Bastian*-Fraktion:

S. 150

Faul zu sein wie Horst Janson und sich von einer Ärztin aushalten zu lassen, ist ja auch nicht schlecht. Ich habe zu MacGyver noch viele Fragen: Muß eigentlich ein Action-Held wie er, als Kämpfer für Recht und Ordnung, den Müll runtertragen? Hat Mac in seiner Kindheit einfach zu viel *Knoff Hoff Show* oder *Hobbythek* gesehen? (Gegen MacGyver ist Jean Pütz ein linkshändiger Antibastler.) War MacGyver als Angestellter der Phoenix Foundation lohnsteuerpflichtig, oder war er ein geheimdienstlicher Freiberufler mit Erfinderzulage? Hat er vielleicht wegen schlechter Bezahlung in der letzten Folge seinen Dienst bei der Phoenix Foundation quittiert und fuhr mit seinem unehelichen Seriensohn Easy-Rider-mäßig auf Motorrädern ins Unbekannte hinaus? Und wenn er nicht gestorben ist, repariert er heute noch Harleys und Mega-Joints von Bikern auf der Landstraße ...

Zum Schluß dieses Kapitels möchte ich noch eine wichtige Frage stellen, die mich seit langer Zeit beschäftigt. Wann erklärt mir endlich jemand DAS scheinbar zentrale physikalische Gesetz bei Actionfilmen und -Serien:

Wenn der Hauptdarsteller Karate kann, warum können dann immer auch alle Gegner Karate?

Der Vorname von MacGyver lautet Angus. Im Pilotfilm wird er allerdings von seinem Großvater „Stace" und „Bud" genannt.

S. 103

Fra Action hilflos

Emma Peel in *Mit Schirm, Charme und Melone* und die *Drei Engel für Charly* waren ja als Power-Frauen in Agenten-Action-Serien leider eher die Ausnahmen. Normalerweise werden Frauen in Privatdetektiv- und Actionserien oft nur stereotyp als hilflos-naive Opfer eingesetzt. Das Prinzip geht so: Sie weiß nie, worum es genau geht, sieht dabei aber immer noch gut aus. Natürlich ist sie eine Frau mit langen Beinen und guten Titten ('tschuldigung). Sie tappt unwissentlich und unschuldig in eine Intrige (ich bin schon in Hundehaufen getappt, aber noch nie in eine Intrige), und bevor sie weiß, wie ihr geschieht, kommt der Held (meistens ein Privatdetektiv), smart, clever, kräftig, gutaussehend, mutig, der sie sofort beschützt und ernst nimmt: „Hallo, schöne Frau, Sie sind in einer Intrige!“ Sie fragt ahnungslos: „Von wem?“ Der Held erwidert souverän: „Das brauchen Sie nicht zu wissen, ich regle das!“ Sie ist erleichtert und geht mit ihm ins Bett. 42 Minuten später ist alles wieder gut. Dazu ein Original-Dialog zwischen Magnum und einer Klientin aus der Folge „Tropischer Wahn“: „Jemand ist hinter Ihnen her. Ich möchte wissen, wer und warum. Wissen Sie, ich könnte Ihnen helfen.“ (Ja klar, helfen …)

Frauen dürfen in Detektiv-Serien sonst höchstens noch die guten Sekretärinnen spielen – stets helfen sie ihren Chefs als bedingungslose Vertraute (aus Liebe) und platonische Freundinnen (Appetit und Essen haben sich die Chefs woanders geholt), wie zum Beispiel die Schwarze Peggy Fair (Gail Fisher, die erste dunkelhäutige Detektivsgehilfin) in *Mannix* (Mike Connors). Erst in den 80ern gab es vermehrt professionelle weibliche Detektivinnen, zum Beispiel Laura Holt (Stephanie Zimbalist) in *Remington Steele*, obwohl hier wiederum Pierce Brosnan 94 Folgen lang als James-Bond-Azubi im Mittelpunkt stand. Im Vorspann der Serie erklärt die Stimme Lauras ihre Situation (O-Ton): „Ein weiblicher Privatdetektiv wirkt so, na, eben so weiblich. Deshalb habe ich eine Art Chef für mich erfunden, einen eindeutig männlichen Chef… Jetzt mache ich die Arbeit, und er kassiert den Beifall.“ Dieses Schicksal teilt sie auch mit Detektiv-Agenturchefin

S. 94

uen in serien – tot, devot.

Maddie Hayes (Cybill Sheperd), die in *Das Model und der Schnüffler* dauernd im Schatten von David Addison (Bruce Willis, yeah!) agieren muß. Zum Beispiel versucht Maddie in der Folge „Zeuge der Hinrichtung" Bruce zu zeigen, wer das Sagen hat (O-Töne): „Boß! Haben Sie das schon mal gehört. Das bin ich nämlich. Der Laden gehört mir. Und wissen Sie, was das heißt? Das heißt, daß ich hier entscheide, was genau hier gemacht wird und wie es gemacht wird!" Bruce erwidert nur: „Ach, wirklich?" (Da hätte er auch gleich schießen können. Stirb langsam – aber gründlich!) Die überproportionale Sterberate von attraktiven Frauen in Action-, Abenteuer-, Krimi- oder Westernserien ist ein zentrales Heldengesetz der Straße: Männliche Helden dürfen sich nicht binden, damit sie in den Augen der weiblichen Fans immer zu haben sind (das macht das Ganze scheinbar interessanter). Eine große Liebe, ein Antrag oder Trauschein in einer Folge war deswegen immer auch gleichzeitig das Todesurteil für die jeweilige Frau. Man erinnere sich an die drei toten Frauen von Ben Cartwright, die ihm aber jeweils vorher noch drei Söhne geboren haben, um die Serie zu komplettieren. Auch MacGyvers große Liebe Lisa muß in der Folge „Tödliche Liebe" sterben. Captain James T. Kirk vom Raumschiff Enterprise heiratet in der Folge „Der Obelisk" die Indianersquaw Miramanee (gespielt von Sabrina Scharf!) – ein paar Stunden später wird sie gesteinigt. Bei *Knight Rider* wird David Hasselhoff in der Folge „Der Duft der Rose" die Braut sogar unmittelbar nach dem Ja-Wort vom Altar und von seiner Seite weggeschossen. Sonny Crocketts Ehefrau (Sheena Easton) in *Miami Vice* überlebt immerhin 10 Folgen (Sheena ist aber auch ziemlich geil), dann wird sie das Opfer eines rachsüchtigen Unterweltbosses. Tja, liebe Frauen, so toll Helden sind, aber mit einem Supermarktkassierer von Aldi lebt man gesünder …

Die Serie *Das Model und der Schnüffler* spielt in der letzten Folge ironisch mit dem eigenen Medium: Die Serie wird im Verlauf der Handlung von einem Angestellten des verantwortlichen Senders (ABC) eingestellt, die Schauspieler werden hinausgeworfen, die Kulissen werden weggeräumt.

37

S. 57

EMMA PEEL

EMMA Peel (Diana Rigg) aus der englischen Serie *Mit Schirm, Charme und Melone* war die erste weibliche Top-Action-Heldin meiner Fernsehwelt. In ihrem hautengen schwarzen Leder-Jumpcatsuit und ihren kräftigen Karateschlägen ist sie für mich DIE sexy Detektivin, eine emanzipierte (Emma!) weibliche James Bondin, und jeder von uns Buben wollte im Grunde von ihr niedergestreckt und gefesselt werden. Was hätte ich damals für einen Handkantenschlag von ihr gegeben. So manche Freundin habe ich gebeten: „Gib mir doch mal bitte einen kleinen Handkantenklaps" – aber irgendwie kam das immer etwas falsch rüber. Ich glaube, die Fesselung eines Bösewichts war quasi Mrs. Peels Version eines zarten Flirts. Denn ihr Serienpartner, der steife, asexuelle John Steed (Patrick Macnee), konnte doch Mrs. Peel nie geben, was eine Frau wie sie wirklich braucht, trotz beider ständigen ironisch-anzüglichen Dialoge (ihre Beziehung zueinander wurde nie richtig erklärt). Ich hatte eine Zeitlang eher die Befürchtung, daß plötzlich Batman kommt und sie mir wegschnappt – Latex und Leder gesellt sich gern. Im Fasching ging ich deshalb oft sehr erfolglos als Batman ...

S. 35

Trotz ihrer körperlichen Attribute schätze ich Emma Peels britisch-trockenen Humor, ihr Köpfchen und ihre Raffinesse, obwohl ich zugeben muß, daß Intelligenz im hautengen Catsuit schon besser rüberkommt (ein Hoch auf „Style and Substance")! Nichts gegen Miß Marple, aber für Margaret Rutherford im hautengen Latex-Catsuit würde ich nicht sterben ... Eine meiner Lieblingsszenen von Emma Peel war in der Folge „Honig für den Prinzen": Sie schmuggelte sich in einen Harem ein, und in einer Tanzsequenz zeigte sie uns ihren Bauchnabel (das war schon beinharte Konkurrenz zur bezaubernden Jeannie).

Ich liebe auch die europäisch-kultivierte Art meiner Mrs. Peel. Sie kann gleichzeitig Martinis trinken und einen genialen Psychopathen mit der Waffe bedrohen (der hatte vorher die Welt bedroht) oder sich im Spiegel gelassen die Lippen schminken und problemlos im Hintergrund einen Verfolger-Roboter entdecken. Mit meinem Privatdetektiv-Equipment aus den Yps-Heften eiferte ich ihr nach und lieferte mir mit Kettcars und Bonanza-Rädern rasante Hi-Tech-Verfolgungsjagden – Emma hatte nur im Gegensatz zu mir nie aufgeschlagene Knie. Mit ihrer Mischung aus Latex und Ladylike ist sie für mich auch weiterhin eine unsterbliche Fernsehgöttin ersten Ranges: „Mrs. Peel, Sie werden gebraucht!"

S. 51

S. 59

Diana Rigg schaffte es als einziges Bond-Girl Teresa in *Im Geheimdienst Ihrer Majestät* (1969) bis vor den Traualtar mit James Bond (George Lazenby)! Aber pünktlich zum Antritt der Hochzeitsreise wird sie von Bonds Seite gerissen. Noch 1981 legte Bond (dann Roger Moore) in *007 in tödlicher Mission* Rosen auf Teresas Grab.

Musik ist Trumpf

DIE heutige Welt des Musikfernsehens von MTV bis VIVA ist für mich nur ein müder Abklatsch vom Musikfernsehen der 70er Jahre. Musikfernsehen in den 70ern bedeutete für mich: „Licht aus – Womm – Spot an – Jaa! Hallo, Freunde ... Hallo, Ilja!“ Die Sendung *Disco* mit Ilja Rogoff Richter war für uns damals quasi der Heilige Gral der Unterhaltungsmusik. Daß die InterpretInnen alle ziemlich – wie soll ich sagen – anders angezogen waren als heute, ist mir erst mehr als zehn Jahre später aufgefallen.

Wenn ich heute Wiederholungen von der *ZDF Hitparade* mit Marktschreier Dieter Thomas Heck sehe, wird es mir immer ganz heiß: War ich auch so „Palomino" angezogen wie die? Fand ich Bata Illic wirklich cool?

Gegen Ende der 70er, Anfang der 80er Jahre bin ich im Fernsehen mehr auf Rockmusik umgestiegen. Der *Rockpalast* mit Bands wie The Police und U2 brachte mich zum „Head- und Fernbedienungsbangen". Ich muß auch wirklich sagen, der einarmige Drummer von Def Leppard ist so immer noch besser als der Zweiarmige von den Flippers. Die 80er Jahre waren auch die große Zeit der Musikform Kuschelrock oder – wie ich sie auch nenne – „Lendenmusik". Kaum hörte man im Fernsehen so einen Song, mußte man sofort mit irgend jemandem oder irgend etwas kuscheln. Es soll jetzt auch schon dazu einen aktuellen Musikstil geben: Kuscheltechno. Ein beat per minute, und du bist am Punkt. In den 80er Jahren gab es auch noch echte Musikfilme mit der Urhandlung aller Musikfilme: Eine Tänzerin hat total großen Liebeskummer, muß aber am Vormittag zum Vortanzen für die große Hauptrolle in einem Musical. Sie tanzt dann natürlich scheiße und übertrieben schlecht, so daß sie abgelehnt wird. Danach irrt sie ziellos durch die Fußgängerzone und tanzt aus Freude am Leben (!). Zufällig gehen alle Preisrichter mittags zur Bratwurstbude in der Fußgängerzone und sehen sie da – natürlich sind sie jetzt sofort überzeugt, so daß sie ihr doch noch die Hauptrolle geben. Die ganze Fußgängerzone und die Preisrichter tanzen und freuen sich ...

In *Miami Vice* wurde die Funktion von Musik als Subtext verwendet. Z.B. wurde eine Verfolgungsjagd in einem Postamt mit dem Song „Mr. Postman" der Carpenters unterlegt.

Heute halte ich es so mit dem Musikfernsehen: Immer wenn ich zuviel Kaffee getrunken habe oder sonst irgendwie aufgeregt bin, schau' ich gerne MTV oder VIVA, das ist wie visuelles Ecstasy. Die Moderatorinnen bewegen sich so bezaubernd ekstatisch wie verhaltensgestörte H+M-Verkäuferinnen im Endstadium, die Kleidung ist im Einheitslook: bauch- und hirnfrei. Da stellt sich die zentrale Frage: Werden diese ModeratorInnen eigentlich alle (vertraglich festgelegt?) mit Glückspillen abgefüllt? Grunge-Girlie Heike Makatschig Plumpaquatsch hatte ja in der VIVA-Anfangszeit das Erbe von Hanni van Heiden angetreten und quäkte sich mit ihrer Schreinemakers-Gedächtnis-Stimme auch durch Bravo TV. Ich habe schon sehr viel von Bravo TV gelernt: zum Beispiel, daß DJ Bobo so rappt, wie er aussieht, und daß man gleichzeitig Pickel und eine Freundin kriegen kann.

Die *Derrick*-Titelmelodie wurde von Les Humphries komponiert.

Der Alligator auf Sonny Rocketts Hausboot in *Miami Vice* hieß Elvis.

S. 158

Mein Lieblingsmoderator bei VIVA in den Anfangszeiten aber war Nils Bokelberg. Der Pökel Nils war einmal ein ganz normaler unbeliebter, kleiner häßlicher Junge, bis er scheinbar ungeschützten Kontakt mit Außerirdischen hatte. Die Haare verfärbten sich, und sein Sprachzentrum wurde stark beeinträchtigt. So verwandelte er sich zu einer vivanischen bunthaarigen Pickelkolonie. Stellt Euch mal vor, die Waltons-Kinder wären damals zum Casting für eine Musiksendung gegangen. Vielleicht hätten sie die Baldwin-Schwestern mit ihrem Blockflöten-Techno-Twist weltberühmt gemacht.

S. 37

S. 69

Ich weiß nicht, ob ich die moderne Technomusik verstehe, aber für mich ist der ultimative Techno-*Bonanza*-Gruß: „Hyper! Hi Pa!" Hoss war übrigens etwas sauer, als in den 70er Jahren Rex Gildo den ultimativen Schlachtruf deutscher Schlagerfans einführte: „Hossa!" Das klingt eigentlich irgendwie mehr nach einer verschollenen kleinen Schwester von Hoss (oder nach Bully). Es gab bei den Cartwrights noch eine weitere Verbindung zum Schlager. In der ersten deutsch synchronisierten Folge sang Heino 1968 seine Schlager-Version der *Bonanza*-Melodie, „Zu der Ponderosa reiten wir", mit der alles erklärenden Anfangszeile: „Schön ist das Land und weit die Prärie Bonanza" usw. Wegen Prärietierquälerei wurde der Song ab der zweiten Folge (tatsächlich!) wieder im Instrumental-Original eingespielt. Vielleicht ist es jemandem aufgefallen, daß die Koyoten in späteren *Bonanza*-Folgen etwas taub wirkten und scheinbar oft orientierungslos in der Gegend rumstolperten.

Wenn man eine Stunde VIVA oder *Bravo TV* kuckt, dann kommt man an einigen Gruppen nicht vorbei: die Kelly Family, dieses haarige Kollektiv, wie ich sie immer nenne. Da kennt man ja Männlein und Weiblein nur sehr schwer auseinander, die haben

ja alle gleich viel Haare, überall Haare, scheinbar aus allen Körperöffnungen Haare (die sehen ein bißchen aus wie mutierte Enterprise-Tribbles). Aber lustig ist es immer, wenn sie in ihren selbstzusammengebastelten Videoclips versuchen, schauspielerisch eine Handlung darzustellen. Das sieht in etwa so aus wie beim Laien-Krippenspiel der Sonderschule. (Ich fordere: Andreas Elsholz in die Kelly Family!) Die Kellys gaben übrigens am 23. 5. 98 ein Live-Konzert im tschechischen Ostrava. Was die NATO damals im Kalten Krieg nie geschafft hatte, sollte nun wohl die tödlichste Waffe des Westens erledigen – den absoluten psychischen Zusammenbruch! Eine pikante Tatsache zu diesem Thema will ich noch erwähnen: Die Hell-y Family hat (tatsächlich!) zehn Tage vor dem Fall der Ostberliner Mauer in der ehemaligen DDR ein Konzert gegeben! Da wird einem natürlich einiges klar, von wegen friedliche Revolution. Zusammenhänge werden dementiert, aber ich meine, die darauf einsetzende Massenflucht konnte von der Staatsmacht nicht mehr aufgehalten werden. Seit Jahren machen sie durch ihre beständige Familienvergrößerung ja schon heimlich Schleichwerbung für westliche Kinderüberraschung: „Plopp – aah, schon wieder eins! Wir sind jetzt mit dabei – in jedem fünften Ei!" Die einzig wahre Musik-Familie wird für mich immer die Partridge Family bleiben (quasi die gewaschene Form der Kelly Family). Ich hatte es mir in den 70ern so schön vorgestellt, ein Pop-Star zu sein, Mutter wäscht die schmutzige Wäsche, kocht und dirigiert die Familien-Band.

S. 120

Lee Majors alias Colt Seavers in *Ein Colt für alle Fälle* sang den Titelsong „The Unknown Stuntman" der Serie.

S. 132

Versteht irgend jemand eigentlich die Spice Girls? Die Spice Girls sind ja für mich die rasierte Form der Kelly Family. Nur hingucken tu ich bei den gewürzten Mädels lieber, besonders bei der (mittlerweile ausgestiegenen) „Ginger Spice", also „Ingwer Gewürz". Es gibt schon Künstlernamen, über die man

sich streiten kann. Man sollte auch eigentlich einen ernstzunehmenden intelligenten Erwachsenen normalerweise nicht DJ Bobo nennen. Und der Name bekommt noch eine seltsamere Dimension, wenn man weiß, daß das Schweizer Dialekt-Wort „Boboo" (tatsächlich!) eigentlich „Wehwehchen" bedeutet. Ist damit etwa der Schmerz gemeint, den DJ Popo unseren Ohren zufügt? Oder ist es noch anders, denn neulich habe ich mal wieder im Fernsehen *Die Blechtrommel* gesehen: „Der kleine Oskar weigert sich zu wachsen und versucht vergebens, mit seiner Blechtrommel, also einer Rhythmusmaschine, gute laute Musik zu machen." Hört sich das nicht an wie eine Biographie über DJ Bobo? Wenn man den Geißenpeter der Popmusik so hört, dann findet man es wieder schade, daß bei uns in Europa das „Zwergen-Werfen" verboten wurde.

William Shatner versuchte sich auch als Sänger, unter anderem mit dem Beatles-Titel „Lucy in the Sky With Diamonds"; Leonard Nimoy nahm eine Coverversion von „Proud Mary" auf.

DIE Musik der 90er Jahre ist für mich der echte Rap, cooler Gangsta Rap ist in! In den 90ern wurde das Musik-Business allerdings auch immer brutaler. Rivalisierende Rap-Gruppen schrecken nicht mal mehr vor Mord zurück, zum Beispiel wurde der schwarze Rapper Tupac Shakur von Auftragsrappern einfach erschossen. Früher war das Musikgewerbe eher nostalgisch und friedlich. Ich kann mir nicht vorstellen, daß die Beatles mal zornig am Tisch saßen und John Lennon dann brüllte: „George, Paul, Ringo, laßt uns Knarren besorgen. Mick Jagger und die Stones haben uns in den Charts überholt!" George: „Aber John, all you need is love!" John: „Let it be, motherfucker!" Aber gut, auch wenn US-Gangsta Rap gefährlich ist, viel einschüchternder ist für mich die Musik von in Deutschland zurückgelassenen, ehemaligen schwarzen GIs, die glauben, sie seien im Ghetto geboren. Sie geben sich brutale Namen wie „Nana" oder „Pappa Bear" und stellen sich in martialischen Videos als coole Gangsta dar, damit sich ihre Fans, picklige Kleinstadt-

S. 40

Teenies, gruseln können. Dann schon lieber Captain Jack, der letzte GI von Gütersloh, der in seinem ersten Video nur den Rhythmus angibt, während ein dutzend junger Girls in nassen T-Shirts Soldaten-Tänze aufführen.

S. 113

Kommen wir nun vom Rap zu einer ultramodernen Form der Unterhaltungsmusik: Jungle. Die wenigsten wissen, woher der Musikstil Jungle in den 90ern eigentlich gekommen ist. Es gibt eine musikalische Urtheorie, die besagt, daß Jungle zufällig von Musikern erfunden wurde, die unter LSD alte *Tarzan*-Filme geguckt haben. Tarzan war zwar der unumstrittene Herr des Dschungels, aber in puncto Musikalität war er, sagen wir mal vorsichtig ausgedrückt, ein klein wenig rückständig. Man würde ihm höchstens eine Art Lianen-Reggae zutrauen, denn obwohl er unter Schwarzen aufgewachsen ist, hatte er wenig Rhythmusgefühl. Auch vom Rapper-Slang verstand Tarzan gar nichts, obwohl wir uns alle mal gefreut hätten, wenn sich Tarzan vor dem Eingeborenen-Häuptling aufgebaut und mit coolen Rapbewegungen vorgetragen hätte: „Fuck you, you motherfucking chief of the Blacks, hand me out that fucking blonde white woman whom you fuckers made a prisoner!" Dann hätten sie ihn wahrscheinlich gleich den Pygmäen vorgeworfen. An dieser Stelle werden jetzt vielleicht viele sagen: „Hey, warum werfen wir dann nicht DJ Bobo den Pygmäen vor?" Aber liebe Leser, das würde ja nichts bringen, die würden den wahrscheinlich gleich zu ihrem König Obob machen. Und ich hätte außerdem noch Angst, daß er dann mit den Pygmäen das erste Swiss-But-Not-Black-Slow-Rap-Musical rausbringt mit dem Titel „Pygmalion's Respect". (Entschuldigung für das Wortspiel.) Oder Bobo eröffnet mit allen Pygmäen eine Tanzschule für Kinder und solche, die so klein geblieben sind.

143

Mein persönlich größter Wunsch für das Musikfernsehen wäre ein TV-Easy Listening Channel, auf dem den ganzen Tag nur Musik und Titelmelodien von Fernsehserien und Filmen gespielt wird. Der Charttopper auf diesem Kanal wäre dann immer „Wer hat an der Uhr gedreht?" aus der Serie *Der rosarote Panther*, gespielt von einer 20köpfigen Big Band, und würde uns allen auch heute noch die Freudentränen in die Augen treiben. Und wie immer würde Paulchen Panther noch rufen: „Aber heute ist nicht alle Tage – ich komme wieder, keine Frage!" Das hoffe ich!

VOLKSMUSIK

Es gibt gewisse Musiksendungen, in die ich nicht so ganz reinkomme, ich hab's versucht, aber es klappt irgendwie nicht. Es ist aber sicher zu einfach, die Volksmusik im Fernsehen als „Kacke" abzukanzeln – Millionen Fliegen können sich nicht irren. Ich kann nur sagen, mir macht es schon Spaß, Volksmusik zu GUCKEN! Einfach dabei den Ton wegdrehen, Punkmusik von The Clash auf CD einlegen, voll aufdrehen, und mit dieser Klangkulisse die Gunstgewerbler vom Volkstümler-Strich anschauen! Ich finde das immer faszinierend: Da sitzen in einer für die „Lustigen Masturbanten" umdekorierten Dorfturnhalle ein paar hundert lädierte Volksmusikfreunde, von denen man auf den ersten Blick glauben würde, daß die da drinnen schon seit Monaten dahinvegetieren. Da erscheint auf der Bühne der niedertrachtige Karl Moik Oink mit einem seiner dadaistischen Hexameter: „A Gaudi mit Eich hobn dua werd's schee – zünftig Dirndl Buam beinand – holldrio Schenkelklatsch!" Der Saal wird zum Hexenkessel mit Schunkeloverkill, und orgastische Euphorien verschmelzen in der Lethargie des Deppenhaufens. Hardcore-Volksmusikbands wie „Guns 'n' Dirndls" und „Iron Magd" versuchen musikalisch das Niveau besoffener Provinz-Hochzeits-Tanzbands zu erreichen. Vielleicht sollte man Volksmusikern keinen Freigang mehr geben, zum eigenen Schutz ihrer persönlichen Würde. Wie sagte doch der Vulkanier Spock in der Enterprise-Folge „Auf Messers Schneide" zu diesem Thema (O-Ton): „Wahnsinn dient keinem Zweck. Er kennt keine Vernunft. Aber er kann ein Ziel haben."

S. 82

Während einer Live-Sendung des *Musikantenstadels* schubste Karl Moik energisch einen scheinbar geistig Behinderten von sich weg, der ihn eigentlich nur freudig umarmen wollte. Dabei hörte Moik nie auf, in die Kamera zu lächeln.

Meine Lieblingsband der Volksmusik sind ja die Kastelruther Spatzen, die drehen für ihre fladigen Trachtenlieder die abgefahrensten Videoclips: Da stehen die Spastelruther Katzen (auch genannt die „Spastle Cats"), völlig zugedröhnt mit Almdudler-Limo, meist auf einer Alm zwischen einer Herde Almkühe und tun auf 3000

S.

Meter Höhe so, als ob sie den Begriff Playback verstanden hätten (Wiedervereinigung den Wiederkäuern!). Der intensivste Solist in der Volksmusik ist wohl immer noch Patrick Lindner, auch noch nach seinem Coming-out vom singenden Volksmusikkoch zum übereifrigen Schnulzensänger. Besonders warmherzig finde ich seine eigene *Patrick Lindner Show* im ZDF mit dem Untertitel: „Ein Abend mit guten Freunden". Da wird sich Lindenblüten-Pati besonders auf die im Mai '98 angekündigte internationale Gruppe Boyzone gefreut haben (auf deutsch heißt Boyzone ja „Bubengelände").

. 24

Die *Volkstümliche Hitparade* gibt uns zumindest eine Gewißheit: Die Volksmoderatümelin Carolin Reiber beweist als die bis dato am längsten künstlich erhaltene Lebensform der Galaxis, daß außerirdisches Leben tatsächlich auf der Alm existiert. Volksmutanten des Grauens wollen scheinbar unsere Gehirne psychokinetisch aufweichen mit ohrenzerstäubenden Geräuschstrahlen. In der *Volkstümlichen Hitparade* vom 14. 5. 98 gab es den bisher extremsten Lauscherangriff von den Drei Zwidern mit (Original-Gruppe & Originaltitel!): „Hob i Geld, hob i Uhr, hob i's Hosntürl zua" – wohl ein weiterer Heimatabend unter dem Motto „A weites Herz und a offene Hosn".

S. 139

Also, liebe LeserInnen, bitte kauft weiterhin viele Volksmusik-CDs, damit die Musiker genügend Geld verdienen, um sich weiterhin Uhren leisten zu können (zulassen bitte!) …

Als der *Musikantenstadel* in Südafrika gastierte, achtete man scheinbar darauf, daß in den ersten Zuschauerreihen keine Schwarzen saßen. Die Eintrittskarten wurden so teuer gemacht, daß sich einfache Schwarze keine leisten konnten. So funktioniert Schunkel-Apartheid.

TARZAN

FÜR uns echte TV-Junkies war und ist Johnny Weissmueller in den alten Schwarzweiß-Filmen der einzig wahre Tarzan. Johnny war ja vor seinem Tarzan-Job Olympiasieger im Schwimmen, was man in den Filmen immer sofort gemerkt hat. Denn wenn er am Anfang eines weiteren *Tarzan*-Films kraulen durfte (vertraglich festgelegt), da hat der sich immer gefreut wie ein kleines Kind. Dann ist er erst mal 400 Meter gekrault, hat nebenbei noch eine Krokodil-Attrappe getötet, und danach ging eigentlich der Film erst richtig los. Die alten Tarzan-Filme konnten natürlich nicht alle im echten Afrika gedreht werden, da war der Improvisationsgeist der Special-Effects-Leute gefragt. Zum Beispiel: Bei *Tarzan und die Amazonen* stehen Tarzan und die Safari der weißen Jäger wirklich vor einer Leinwand, auf der gerade ein echter Dokumentarfilm über schwarze Eingeborene läuft. Dabei tun sie so, als ob sie in einem Eingeborenen-Dorf stehen und sich unterhalten – gut, zumindest ist es realistischer als alle Spielszenen bei *Aktenzeichen XY ungelöst.*

Mein Held Tarzan schwingt sich jedenfalls in allen Folgen perfekt durch den Dschungel – lautloser als die Stille und geschmeidiger als Zahnseide. Ich war schon oft verwundert, daß da immer eine geeignete Liane direkt vor seiner Nase rumhing. Vor allen Dingen hätte ich gerne den Trick gekannt, mit dem er sich immer aus dem Stand an einer passenden Liane direkt auf einen 20 Meter hohen Baum schwingt – eigentlich ein physikalisches Wunder. Aber der Dschungel hat eben immer noch seine eigenen Gesetze. Zum Beispiel geht die einzige Frau aus der Safari ja immer genau dann am Wasserfall schwimmen, wenn die Gefahr am Größten ist. Die Safari-Blondine streckt sich: „Aah Morgendämmerung, die meisten Krokodile – ich brauche unbedingt ein Bad!" Was den Frauen bei Tarzan zugute kam, war das andere Dschungelfilmgesetz, daß Löwen grundsätzlich immer langsamer sind als Menschen. Da läuft eine Frau Hunderte von Metern, der Löwe hechelt hinterher, wirkt dabei dreimal so schnell, aber erst wenn die Frau stolpert, darf er sie einholen. Und dann bingo! Der Tarzan hatte so auch jedesmal genügend Zeit, um rechtzeitig an der Unlöwenfallstelle zu sein.

S. 76

Wie bei *Raumschiff Enterprise* sind die schwarzen Eingeborenen-Statisten die gefährdetste Spezies im gesamten Dschungel. Wird zum Beispiel eine Safari von den Jakami angegriffen (der gefährlichste, blutrünstigste Pygmäen-Stamm in Tarzans Afrika!), schleudern die Jakami Hunderte von Speeren auf die Reisegruppe, treffen dabei aber nie die Weißen, sondern nur ein paar von den schwarzen Trägern, die wie Igel, von Dutzenden von Speeren durchbohrt, am Boden liegen. Interessantes *Tarzan*-Trivia: Nur gegen die Umali-Pest waren die Weißen nicht resistent.

S. 137

Jane alias Maureen O'Sullivan ist die Mutter von Mia Farrow. In Woody Allens *Hannah und ihre Schwestern* spielte sie ihre letzte Filmrolle als Mias Filmmutter.

Mein Held Tarzan funktionierte eigentlich wie ein Kleinkind. Immer wenn er nicht bekam, was er wollte, stieß er seinen markigen Tarzan-Schrei aus: „Aaah aaah aaaaah!“ Und sofort standen alle um ihn rum: „Ja, is' schon gut, Tarzi, kriegst es schon, aber bitte um Himmels Willen nicht mehr den Schrei!“ Sogar böse Löwen ließen sich so nach ihrem Gehörsturz mühelos überwältigen. Einmal, in *Tarzan, der Affenmensch,* durfte Jane (Maureen O'Sullivan) ihren eigenen Tarzana-Schrei probieren, aber das war mehr eine Operetten-Version, wie eine Mischung aus Elisabeth „Klimbim“ Volkmann und Anneliese Rothenberger.

S. 149

Besonders sympathisch an Tarzan war auch seine ganz eigene Art, sich auszudrücken. Wir konnten den geschliffenen Dschungel-Dialogen kaum folgen (Originalauszüge aus *Tarzan, der Affenmensch*):

Tarzan spricht: „Tarzan Hunger!“ Dann fängt Tarzan Fische, bringt Jane Trauben mit, und Jane ruft entzückt: „O Tarzan, was für herrliche Trauben! In der Zivilisation muß man die kaufen.“ Doch Tarzan ist verwirrt: „Was ist kaufen?“ (Ich hätte ihm da dann halt den Dieter-Hallervorden-Sketch aus *Nonstop Nonsens* vorgespielt, in dem die beiden Knackis Kaufmannsladen spielen: „Palim palim! Guten Tag, ich hätte gerne eine Flasche Pommes frites!“) Tarzans Weltbild war sehr einfach. Als einmal weiße Jäger seinem Adoptivsohn Boy das Leben retten, sagt er (O-Ton): „Männer helfen Boy, Tarzan helfen Männer!“ Grammatikalisch eine Katastrophe, aber menschlich ein feiner Zug!

DIE DÜMMSTEN GEPLANTEN REMAKES

Remakes sind für Produzenten wie Weihnachten: Ein bewährter Stoff, ein schon vorhandener Mythos – schwups plaziert man neue Stars in alten Rollen, und die Kasse klingelt. Aus geheimen Produzentenarchiven erreichten mich diese gehaltvollen Pläne:

TARZAN

Angeblich will Bernd Eichinger ein *Tarzan*-Remake machen. Ursprünglich hatten sich sofort Horst Schimanski alias Götz George und Boxer René Weller für die Rolle beworben, denn beide haben ja eine ganze Kollektion von Lendenschurzen daheim. Ich stelle mir vor, wie sich die beiden als DickTarz und DoofTarz durch den Dschungel boxen und dabei harmlose Zirkus-Löwen anmachen: „Hey, du scheiß Löwe, willste 'n paar aufs Maul oder was? Weißt du überhaupt, wer ich bin?"... Aber Herr Eichinger hat sich dann schließlich gedacht, wenn Schwimmer wie Johnny Weissmueller im Dschungel so gut beim Publikum ankommen ... und außerdem könnte eine Frau in den 90ern noch etwas mehr Sex, äh Emanzipation, reinbringen ... also kam er drauf, daß Franzi van Almsick wohl die ideale Besetzung für die weibliche Hauptrolle sei, in „Tarzana". Weil sich „Tarzana" aber noch so dämonisch anhörte, wurde der Titel geändert in: „Tarzanzi – Schwimmerin des Dschungels" (na ja). Franzi könnte dann mühelos den Dschungel mit ihrem neuen Tarzanschrei erschüttern: „Lila lila lilaaa!" Und danach macht sie immer erst mal Pause. Wenn nun allerdings Tarzanzi eine Frau ist, dann bräuchte man ja noch statt Jane einen männlichen Gegenpart – angeblich ist Andreas Elsholz für die Rolle des „Janes" vorgesehen. Na gut, mit seinem schauspielerischen Talent wäre er wohl prädestiniert für *Tarzan*-Dialoge: „Ich Tarzan – du Jane, äh, umgekehrt." Als Trost würde ich die Rolle des Cheetah René Weller geben, mit Ganzkörpertoupet aus ehemaligem Weller-Kopfhaar.

S. 113

WALTONS

Das zweite Remake einer anderen guten Serie mit schon fast kryptischen Ausmaßen wird wohl das von SAT.1 und RTL in Kooperation geplante *Waltons*-Fernseh-Movie: „Die Inzesthölle von Waltons Mountain – Unheilschwangere Leidenschaften in der Sägemühle des Wahnsinns". Hier nun das streng geheime Story Board:

Opa Zeb Walton ist mittlerweile ca. 80 Jahre alt, und er hat eine böse Blinddarmentzündung. Da er aber alle so liebt, hilft er weiter in der Sägemühle seines Sohnes John und läßt sich von seinen teuflischen Schmerzen nichts anmerken. Eines Morgens hat er einen Blinddarmdurchbruch und stirbt. Die Oma, aus Bitternis darüber, geht auch ein. Mutter Olivia dreht durch. Jim Bob, dessen latente Hirnhautentzündung mittlerweile im unheilbaren Stadium ist, schwängert verwirrt beim Doktorspielen seine Schwester Mary Ellen. Vater John hängt sich aus Scham darüber in seiner Sägemühle auf. Elizabeth, die Daddy am meisten geliebt hatte, geht ins Wasser, und John Boy wird zu einem Roman inspiriert. Da Vater John, der Baum-für-tägliches-Brot-Säger, nun tot ist, muß Mutter Olivia mit Ike Godsey ins Bett gehen. Sie kriegt dafür umsonst Lebensmittel aus seinem Laden. Sie leben dabei nicht nur von der Hand in den Mund. Jason, der in diesem Werk bisher am wenigsten Text hatte, ist beleidigt. Und deshalb zündet Jason am Freitag den 13. das Haus an. Alle kommen in den Flammen um, nur John Boy kann sich aus dem brennenden Haus retten, natürlich mit seiner Schreibmaschine. Um alles zu vergessen, geht John Boy nach Europa. Er läßt sich von dänischen Spezialisten sein Mundwinkel-Krebsding, das mittlerweile zum Ganzkörper-Melanom mutiert ist, liften. Er wird ein erfolgreicher Schriftsteller und tippt unter dem Pseudonym Johannes Mario Simmel seine Romane auch weiterhin auf der Schreibmaschine der Baldwin-Schwestern. Na denn, gute Nacht!

45

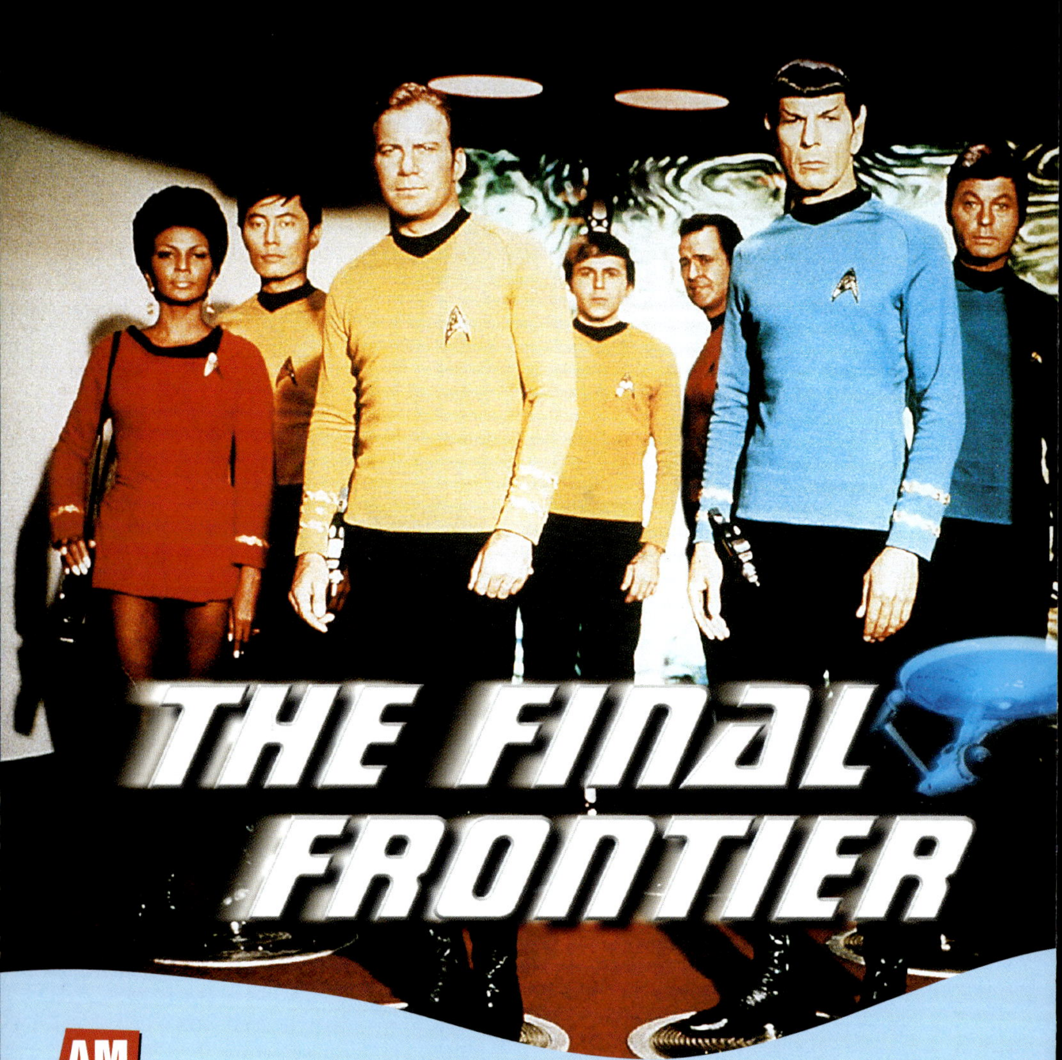

AM 8. September 1966 (bei Sternzeit 1531,1) flog *Raumschiff Enterprise* erstmals durch die Vereinigten Staaten. Nach Deutschland kam sie am 27. Mai 1972 ... es hat ein bißchen gedauert. Die U.S.S. Enterprise bringt uns in die entlegensten Winkel unserer Galaxie und zeigt uns eine optimistische Zukunft, die uns allen Hoffnung gibt – und die kein Mensch zuvor gesehen hat, denn Probleme können auch in Zukunft durch die Rückbesinnung auf traditionelle Werte gelöst werden. In der Zukunft von Raumschiff Enterprise war alles besser. Da gibt es zum Beispiel keinen Husten mehr – nur wenn es mal dramaturgisch paßt und eine fremde Macht mysteriöse Hustenstrahlen aussendet.

S. 151

Die Führungsspitze der Enterprise wird oft gerne als Dreifaltigkeit bezeichnet: Der erste Offizier Spock (Leonard Nimoy) repräsentiert das Hirn, Schiffsarzt Dr. Leonard „Pille" McCoy (DeForest Kelley) das Herz und Captain Kirk (William Shatner) die Sinnlichkeit. Kirk als Sinnlichkeit, das bedeutet anders ausgedrückt, daß er immer die Frauen bekam, er war der immer bereite interplanetarische Playboy, und keine Tochter eines bösen Planeten-Herrschers war vor ihm sicher. Als sich dagegen Scotty mal in Lt. Romaine verliebte (in der Folge „Strahlen greifen an"), sagte Kirk nur cool (O-Ton): „Das hat uns nicht sonderlich überrascht, Kurven konnte er schon immer berechnen." Captain James Tiberius Kirk war von jeher ein Ehrgeizling gewesen, wahrscheinlich hatte er schon als Kind in einer Variante von *Grisu, der kleine Drache* laut geschrien: „Ich will nicht Feuerwehrmann, sondern Captain auf einem Raumschiff werden!"

169

Der erste Offizier Mr. Spock, ein Vulkanier, ist das Wissen in Person, ein strenger Logiker, der auch in höchster Not stets einen kühlen Kopf bewahrt und im entscheidenden Moment immer die richtige Antwort weiß. Also, wenn ich es mal einfacher ausdrücke: Mit ihm würde ich nicht „Trivial Pursuit" spielen. Der Schauspieler Leonard Nimoy empfand sein Image als logisches Langohr als lästig (O-Ton): „Dauernd zupften mich Leute an den Ohren." Spocks Spezialität war der sogenannte „Ich-lang-dir-an-die-Schulter-und-du-bist-sofort-bewußtlos-Griff" (Vulcan Nerve Pinch). Der geht so: Ein kurzer Griff an die Halsschlagader eines Gegners schnürt kurzzeitig die Blut- und Nervenzufuhr zum Gehirn ab und läßt diesen ohnmächtig werden (gleichzeitig immer mit einem dramatischen Musikeinsatz). Ich denke mir, wenn man diesen Griff beherrscht, ist das auch praktisch bei Schlafstörungen – du faßt dir einmal selbst an die Schulter und schläfst ein. Spock kann auch seine Gedanken mit denen anderer Personen verschmelzen und dabei deren Gedanken beeinflussen. Ich habe das mal in der U-Bahn ausprobiert, dabei habe ich mir eine attraktive Frau ausgesucht, sie direkt angestarrt und ihr vulkanisch suggeriert: „Nimm mich!" Wahrscheinlich unterlief mir ein kleiner Übertragungsfehler, denn sie hat scheinbar „Tritt mich" verstanden ... Und was habe ich daraus gelernt? Der Spock war ja auch auf der Sternenflottenakademie, und ich habe nur ein bayrisches

S. 34

Die Enterprise war nicht zum Landen konstruiert. Da in jeder Folge eine Landung vor neuer Kulisse zu teuer gewesen wäre, erfand Gene Roddenberry das Prinzip des „Beamens".

S. 146

Abitur. Auch Schiffsarzt Pille hatte sein Handwerk perfekt gelernt. Immer wenn ein Besatzungsstatist auf dem Boden lag, kniete er sich hin und stellte seine Zentral-Diagnose wie ein heiliges Ritual (O-Ton): „Er ist tot, Jim!“ Ich habe mir immer gewünscht, daß Pille mal als „Spin off“ der Serie seine eigene Arztserie kriegt: „Die Raumschiffklinik“ (mit Kirk als Sascha Hehn).

Raumpatrouille Orion: **Der Start des Raumschiffs aus dem Meer wurde im Badewannen-Effekt gedreht. Dabei wurde der Ablaufwirbel gedreht, das Minimodell (1,25 m Durchmesser) darin versenkt und dann rückwärts abgespielt.**

Die Kerncrew komplett machen Navigationsoffizier Hikaru Sulu (George Takei) und Kanonier Pavel Chekov (Walter Koenig). Sulu hatte als Japaner noch einige Kommunikationsprobleme an Bord der Enterprise. Als Kirk ihm einmal den Befehl gab: „Mr. Sulu, auf den Schirm!“, ist er voll gegen den Monitor gesprungen. Chekov war der „Ossi“ der Kerncrew (eine Mischung aus russischem Bauernbub und Sänger der Monkees). Kirk hat ihn aber nie so ganz ernst genommen. Als Chekov einmal rief: „Captain, Vorsicht, auf dem Bildschirm ein mir unbekanntes Objekt!“, entgegnete Kirk nur genervt: „Ja, Chekov, ist gut, das ist nur der neue Bildschirmschoner!“ Die gesamte Crew erholte sich am liebsten im Mannschaftsraum zu Live-Musik von Spock an der Vulkan-Harfe und Uhuras süßen Gesängen.

S. 123

Bei *Raumpatrouille Orion* haben mich im „Starlight Casino“ diese coolen Zukunftstänze fasziniert, alle bewegten sich zu Future-Songs – „Bolero on the Rocks“ (Originaltitel) – wie hyperaktive Stewardessen. Im Hintergrund des Casinos war immer das überdimensional abgefilmte Aquarium vom Regieassistenten zu sehen („Der Meeresboden ist erschlossen und besiedelt nach den stellaren Kriegen“, klar). Als ich in meiner Stammdisco „Musikpalast“ mal versucht habe, mit *Orion*-Tänzen neue Akzente zu setzen, haben alle geglaubt, ich sei total bekifft, und keiner hat mich mehr beachtet. Immerhin hatten die bei *Raumpatrouille Orion* unter der Führung von Commander Cliff Allister McLane (Dietmar Schönherr) drängende Umweltprobleme mit Recycling gelöst: Alte Bügeleisen, Wasserhähne und Bleistiftspitzer wurden einfach in die Armaturen der Orion eingebaut und steuerten beispielsweise die mächtigste Waffe der Orion. Der sogenannte „Overkill“ konnte sogar einen ganzen Planeten zerstören (d. h., dabei wird ein in Großaufnahme und Zeitlupe abgefilmtes Ferrero Rocher „gesprengt“). Wie heißt es so schön im Vorspann (O-Ton): „Was heute noch wie ein Märchen klingt, kann morgen Wirklichkeit sein. Hier ist ein Märchen von übermorgen.“ So klangen auch die Namen der Crew: Hasso Sigbjörnsen, Helga Legrelle, Mario de Monti, Atan Shubashi und Tamara Yagellofsk – und wenn sie nicht gestorben sind, versuchen sie heute noch, ihre Namen per Heirat loszuwerden ...

Der dreistündige Pilotfilm von *Kampfstern Galactica* ist mit drei Millionen US-Dollar die teuerste Fernsehpremiere aller Zeiten.

Neuartige Phänomene und utopische Ideen faszinieren mich sehr bei *Raumschiff Enterprise*, es gibt zum Beispiel in einer Folge („Das Parallel-Universum“) ein Parallel-Universum, in dem die Gegenwart verdreht existiert. Also, ein guter realer Kirk ist dort ein machtgieriger böser Kirk (oder umgekehrt?) und interessiert sich nicht für Frauen. Scotty hat dort zwei linke Hände, und Pille ist immer gut gelaunt. Wenn es so etwas im gesamten Serien-Kosmos wirklich gäbe, dann gäbe es dort sicherlich noch einige interessante Wendungen, zum Beispiel: Die Waltons betreiben ein Bordell, Lassie fällt Hühner an, und Inspektor Columbo läßt sich

S. 57

scheiden ... Eine meiner Lieblingsfolgen ist „Kennen Sie Tribbles?". In dieser Episode tauchen auf der Enterprise kleine, haarige, filzige Kreaturen auf, die sich in rasendem Tempo vermehren – das erinnert mich schon ein bißchen an die Kelly Family. Kirk sagte dazu (O-Ton): „Nur ungern nimmt der Klingonenmann statt barer Münze Tribbles an." Klingonen, das sind die mit den aufgeplatzten Stirnrinden, waren die Feinde der Menschen, damals in der Zukunft.

S. 166

In der Serie *Kampfstern Galactica* nahm die böse Roboterrasse der „Zylonen" diese Rolle ein. Die waren zwar grausam, aber blöd und ließen sich von Lt. Starbuck (Dirk Benedict alias Templeton „Faceman" Peck

S. 1

vom *A-Team*) immer locker abschießen. Bei *Flash Gordon* von 1921 muß dagegen die Erde von Flash (Buster Crabbe) vor den bösen Machtplänen des erbarmungslosen Herrschers Ming gerettet werden – Kirk hätte da wahrscheinlich als erstes gefragt, ob der eine hübsche Tochter hat. Nie flogen hyperschnelle Raumschiffe schöner an Bindfäden und mit Schweizer-Kracher-Auspuff als in *Flash Gordon*. Die coolsten Raumschiffe der 70er waren die „Adler" bei *Mondbasis Alpha 1*. Das war wohl die spacigste Handlung einer Science-Fiction-Serie: Der Mond samt einer von Menschen bewohnten Basis treibt aufgrund einer

LeVar Burton (Geordi La Forge in *Star Trek – The Next Generation*) spielte 1977 die Rolle des Kunta Kinte in *Roots*.

S. 157

großen (!) Explosion durchs Weltall – da haben die Aliens in den anderen Teilen unserer Galaxie ganz schön blöd geguckt, als sie die schlechten 70er-Jahre-Uniformen von *Mondbasis Alpha I* sahen.

Warum gab es auf der Brücke der Enterprise eigentlich keine Sicherheitsgurte? Man muß sich das mal vorstellen: Wenn ich heute mit einem Auto mit 80 Stundenkilometer gegen einen Baum fahre, fliege ich ohne Gurt voll durch die Windschutzscheibe – die Enterprise aber fliegt mit Warp 6 (x-fache Lichtgeschwindigkeit), trifft in der Folge „Die Frauen des Mr. Mudd" auf einen Asteroidengürtel und macht eine Vollbremsung. Von enormer Lichtgeschwindigkeit auf 10 Stundenkilometer runter. Normalerweise müßte da ja die gesamte Brückenbesatzung ohne Sicherheitsgurte vorne voll an den Monitor klatschen. Als einzige Vorsichtsmaßnahme hatte Scotty hinten ans Heck der Enterprise den Aufkleber gepappt: „Ich bremse nicht für Klingonen!"

S. 39

Eigentlich ist das ganze Leben wie *Star Trek*: Einige dürfen auf die Brücke und haben eine Sprechrolle, ohne dabei zu sterben, die Masse der Besatzungsstatisten aber muß durch Gänge laufen – energisch, aber sinnlos! Böse Kritiker behaupten, daß die Enterprise, die bisher mit Dilizium-Kristallen angetrieben wurde, die Warpgeschwindigkeit heute nur noch mit Buerlecithin oder Doppelherz erreicht. Aber ich sage Euch: Die Enterprise wird ewig durch Galaxien und durch unsere Herzen fliegen! Mr. Sulu, bringen Sie uns von hier weg!

S. 76

Geliebte Fernsehgöttin

UHURA

DIE einzige Frau in der Kerncrew bei *Raumschiff Enterprise* war Nachrichtenoffizierin Lieutenant Nyota Uhura (Nichelle Nichols). Niemand auf der gesamten Enterprise hatte so ein gutes Gehör (selbst Lassie war darauf eifersüchtig). Mit ihrem Stöpsel im Ohr empfing sie auch noch Funksprüche irgendwelcher Stämme aus entferntesten Teilen unserer Galaxie (was hätte mir so ein Stöpsel bei meinen Lateinprüfungen helfen können). Die wenigsten wissen ja, daß dieser Stöpsel nach 79 Folgen operativ entfernt werden mußte, der war schon richtig eingewachsen. Uhura sitzt in jeder Folge göttinlich an ihrer Kommunikationsanlage mit ihrer neckischen Beinstellung – sie ist die Erfinderin der seitlichen „Schrägsitz-Hanglage-Beine-locker-lasziv-überkreuzt-Haltung" für Frauen (außerdem ist ihre Minirock-Uniform auch für heutige Verhältnisse noch ultrascharf!). Millionen Frauen haben diese Beinhaltung schon imitiert, darunter auch einige prominente Persönlichkeiten wie Verona Feldbusch und Lilo Wanders (mal aufgefallen?). Im Film *Star Trek V – Am Rande des Universums* tanzt die 56jährige (!) Nichelle / Uhura nackt in der Wüste, um eine feindliche Truppe abzulenken. Diese erotische Fata Morgana macht ihr so schnell keine nach!

S. 150

Selbst bei massiven Ionenstürmen, bei denen die Enterprise immer ziemlich durchgeschüttelt wird, sitzt Uhura ruhig da, eine Hand auf den Instrumenten und eine Hand am Stöpsel. Würdigen wir nun einen von Uhuras Lieblings-Sätzen. Jedesmal wenn die Enterprise wieder mal auf etwas Unerklärliches gestoßen war, gab Kirk ihr einen Befehl wie (O-Ton) „Uhura, senden Sie Grußbotschaften auf allen Frequenzen!" Und immer wenn sie die Verbindung hergestellt hatte, drehte sie sich mit ihrem rehäugigen Blick neckisch zur Mitte (da geht mir immer das Herz auf) und fordert Kirk auf (O-Ton): „Captain, Sie können sprechen!" Kirk mochte diesen Satz überhaupt nicht, weil Uhura den immer so ironisch betonte – „können sprechen" ... Im Hintergrund verkniff sich die gesamte Brücke das Lachen, und Kirk stellte ärgerlich fest: „Klar kann ich sprechen!" (Das war sicher ihre Rache dafür, daß William Shatner sie mal nach einer heftigen Affäre ungalant abserviert hatte.)

Nichelle Nichols fühlte sich trotz dieser schauspielerischen Nuancen mit ihrer Rolle unterfordert und aufgrund ihrer Hautfarbe mehr als einmal diskriminiert. Ich bin ja immer noch der Meinung, daß der Name U-Hura für eine Frau vielleicht nicht so ganz glücklich gewählt war – auch wenn das auf Suaheli „Freiheit" bedeutet ... Es kam so weit, daß Nichelle aus der Serie aussteigen wollte. Doch am selben Abend hatte sie (tatsächlich!) ein Gespräch mit Martin Luther King, einem großen Fan der Serie, und er überredete, sie weiterzumachen! Gott sei Dank, denn so kann auch für mich Uhura ewig im Olymp der Fernsehgöttinnen bleiben ...

Die Besetzung der Lt. Uhura mit der Schwarzen Nichelle Nichols war 1966 noch eine gewagte Entscheidung: Anfangs drohten Fernsehstationen im Süden der USA aus rassistischen Gründen, die Serie nicht auszustrahlen.

PRÜFUNG FORTGESCHRITTENE

Liebe fortgeschrittene LeserInnen, es ist wieder soweit – der Test ist da! Ihr wißt, es trennt Euch nur noch eine Seite vom TV-Junkie-Level – also strengt Euch an!

1. Wie heißt die Indianersquaw, die Captain Kirk in „Der Obelisk" heiratet?
a) Miramanee
b) Saratushi
c) Apanatschi

2. Die Ponderosa heißt so, weil …
a) dort der Ponderosa River fließt
b) dort die Ponderosa Kiefern wachsen
c) dort der Ponder Rosarote Panther lebt

3. „Hoss" heißt auf Norwegisch …
a) Viel Glück
b) Viel leicht
c) Fiel Mann

4. Was heißt in der Johnny-Weissmueller-Tarzan-Sprache „Los!" bzw. „Elefant, zerstöre das Dorf der bösen Yakami!"?
a) „Ugamba!"
b) „Mirinda!"
c) „Rawuzi Kapuzi!"

5. Was sagt Kojak immer, wenn ihm etwas gefällt?
a) „Ich bin entzüückt!"
b) „Entzückend, Baby!"
c) „Zuck nicht Baby!"

6. Was bedeuten die Kürzel B.A. bei „B.A. Barracus" in Das A-Team?
a) Blöder Arsch
b) Bald arbeitslos
c) Bad attitude

7. Was ist Remington Steele?
a) Eine Rasierklinge
b) Ein Privatdetektiv
c) Ein Pornostar

8. Farrah Fawcett war vor ihrer Karriere in Drei Engel für Charlie…
a) Wella Balsam-Model
b) Handmodel
c) Tütensuppenmodel

9. Wie heißen Magnums Helfer und ehemalige Kriegskameraden?
a) Orville „Rick" Wright und Theodore T.C. Calvin
b) Blutsvente und Messerjocke
c) Crocker und Stavros

10. Der Vorname von MacGyver ist…
a) Milton
b) Heck
c) Angus

11. Pernell Roberts spielte in der Broadway Musical Version von „Vom Winde verweht" …
a) den Rhett Butler
b) die Scarlett O'Hara
c) Mensch ärgere Dich nicht

12. Du befindest Dich als Beifahrer in einem Auto, das mit hoher Geschwindigkeit auf eine Kurve zuschießt. Wen würdest Du in diesem Moment am Liebsten als Fahrer am Steuer haben:
a) David „Knight Rider" Hasselhoff
b) Herman Munster
c) Die verrückte Nonne aus dem Louis de Funés Film *Der Gendarm von St. Tropez*

Jetzt Lösungen vergleichen!
(sich wundern, sich freuen, je nach dem…)

1a), 2b), 3a), 4a), 5b), 6c), 7b), 8a), 9a), 10c), 11a), 12b+c)

Und – wie war es dieses Mal? Seid Ihr wirklich bereit für das TV-Junkie-Level? Oder habt Ihr gefloppt und müßt dieses Mal zur Strafe eine DJ Bobo-CD kaufen und ganz anhören? Na? Wer das Haus nicht verlassen kann, weil gerade Bonanza kommt, muß eine MacGyver-Konstruktion herstellen: Bastelt jetzt mit einem Faden, einer Tasse Wasser und einem Haustier eine komplizierte Einbrecheralarmanlage! Erst dann dürft Ihr weiter (und die, die alles richtig haben, sowieso) AUF DAS LEVEL TV-JUNKIE.

WARNUNG!

Ihr betretet jetzt das Level »TV-Junkie«. All enters on your own risk! Euer Zustand kann sich dramatisch verändern: Verschwommenes Schielen wie bei Clarence ... Zappeliges Gestikulieren wie bei Louis de Funes: »Bretter, Bretter, Bretter«. Ein vorheriger Fitnesscheck ist ratsam – spürt Ihr Eure Beine noch? Ist der Blutdruck zu tief? (Wenn ja, eine Folge Akte X anschauen!) Könntet Ihr noch die Buchstaben der Fernsehzeitschrift entziffern? Wenn alles einigermaßen o.k. ist, weiterlesen. Aber ich sage es noch einmal ausdrücklich: Dieses Level enthält TV-Hardcore-Wissen, z.B. über den »Grünschnabel« von Kung Fu oder der ersten Mystery-Arzt-Serie Catweazle! Hier kann Euch nicht mal mehr Pille helfen. You have been warned!

Die zarteste Versuchung

VIELE haben mich mißverstanden, darum will ich es hier noch einmal betonen: Ich liebe deutsche Fernsehwerbung! Mit all ihren absurden neorealistischen Elementen schafft sie täglich ein Spiegelbild unserer geheimsten Wünsche und existentialistischen Forderungen unseres Daseins (oder was psychotische Werbe-Yuppies dafür halten). Taucht mit mir ein in eine bunte Scheinwelt, das Zapper-Halleluja!

Früher waren die Werbe-Ikonen noch sympathische Menschen wie du und ich aus dem Alltag. Da wäre zum Beispiel Frau Jacobs Sommer, die – voll auf Kaffee – zwischen Supermarktregalen auf verzweifelte Hausfrauen lauerte und mit Coffein-Tips deren Ehen kittete. Oder dieser nette Herr im taubenblauen Anzug, Kassenbrille, Aktentasche – etwa ein Beamter, der gerade aus einem Beate-Uhse-Shop kommt? – nein, der stets hilfsbereite Herr Seelenverkäufer von der Hamburg-Mannheimer: „Hallo, Herr Kaiser, was machen Sie denn hier?" Und der Versicherungskaiser flüstert zurück: „Öch, ich wollte mir nur ein paar Videos besorgen." Mitte der 90er Jahre tauchte plötzlich wie aus dem Nichts ein neuer mysteriöser Herr Kaiser auf (scheinbar einer Gesichtsoperation unterzogen), der einen Tramper bei strömendem Regen in sein Auto einsteigen läßt. Gruselig. Und dann tauchen vielleicht später die Eltern des Trampers bei *Bitte melde dich* auf.

63

Produkte glaubhaft an die Konsumenten zu bringen ist oberstes Gesetz in der Werbebranche. Immer öfter werden deshalb in der Fernsehwerbung geheimnisvolle Ärzte und andere Weißkittel benutzt, um Glaubwürdigkeit zu erzeugen. Ich glaube aber immer noch nicht, daß es diesen Dr. Best in Wirklichkeit gibt, der dauernd Zahnbürsten auf Tomaten drückt. Hat dieser Dr. Best nicht eine frappierende Ähnlichkeit mit dem Walroß Antje, diesem weiblichen Seelöwen mit Bart vom Norddeutschen Rundfunk? Als sich dann Ärzte aus Honorargründen weigerten, in die Werbung zu gehen, zog man sogar Zahnarztgattinnen und ähnliches heran. Aber der Höhepunkt in dieser Reihe war folgender Spot. Eine Frau mit sehr weißen Zähnen spricht in die Kamera: „Ich hatte immer ganz schwarze Zähne … aber dann hat mir die Frau meines Zahnarzts Perlweiß empfohlen." (Die hieß übrigens Barbara Lipp.) Und die Frau im Bild, das war nicht einmal mehr die Zahnarztgattin selbst. Irgendwann steht dann da vielleicht eine: „Hallo, als ich damals schlechte Zähne hatte, war ich mal mit einem Zahnarzt im Bett, und der hat mir kraftvoll zubeißen verboten, wenn ich nicht vorher Blendadent benutze." Oder noch weiter: „Ich kenne eine, die hat sich schon einmal die Zähne geputzt …" Jedenfalls glaube ich nicht, daß die Zahnarztgattinsfreundin bei Perlweiß erklären könnte, wie die Streifen in die Zahnpasta-Tube kommen.

S. 17

Der „Herr Kaiser" von 1998 ist ein B-Schauspieler, der in der ersten SAT1-Soap *Die Wagenfelds* (auch „Autoackers" genannt) den Vater gespielt hatte.

1956 wurde (zuerst vom Bayerischen Rundfunk) das Werbefernsehen in der BRD eingeführt.

Natürlich gibt Werbung nicht immer die gewünschten Antworten. Waschmittelwerbung zum Beispiel ist meist schon komisch. Oder was soll ich von einer Frau halten, die zwei völlig identische Blusen hat und diese jeweils genau an derselben Stelle mit dem völlig identischen Fleck vollsabbert. Da frage ich mich schon: Wer ist jetzt dümmer? Die, die das glauben, oder die debile Fernsehhausfrau, die sich mit Soße ansabbert, sich umzieht und danach gleich noch mal an derselben Stelle vollschlatzt. Danach lächelt sie stolz ins Bild: „Aber mit Persil wird alles wieder porentief rein." Das kann schon sein, aber es bekämpft nicht die Ursache der Flecken: die dämlich kleckernde Hausfrau. Die Putzwerbung ist im Laufe der Jahre immer aggressiver geworden. Beispielsweise wurde good old Klementine einfach durch die General-Frau ersetzt, und dieser Military-Sauber-Domina ging's doch nicht wirklich ums Putzen! Dann schon lieber das knackige dunkelhaarige Hausfrauen-Girl in Aerobic-Kleidung, das von seinen vier hübschen Freundinnen zum Joggen abgeholt wird. Vorher erledigen sie den Putz in wenigen Minuten mit fröhlichen Aerobic-Bewegungen dank Ajax. Die Erfindung des Putzjoggens!

Ich plädiere gegen doofe Frauen-Werbung, ich habe langsam die Schnauze voll. Frauen, wollt Ihr Euch das gefallen lassen, daß Ihr daheim immer mit der Krönung-Light-Frau verglichen werdet? Dieser Spot zeigt uns scheinbar die optimale vielseitige Traumfrau: „Sie (ein blondes Power-Model) steht morgens auf, trinkt breitbeinig eine Tasse Krönung Light und ist gut drauf, auch ohne Lätta. Dann wirbelt sie als Rechtsanwältin verkleidet ins Gericht, gewinnt schwierige Fälle, und danach geht's im knappen Trikot freudig ab ins Aerobic-Studio, um sich für uns Männer fit zu machen. Abends inszeniert sie noch selbst ein Candlelight-Dinner für ihren Freund, und zur Krönung (daher der Name?), bevor sie ihm – bläst sie noch selber die Kerze aus!" (Hui jui jui) Also, ich glaube schon, daß die ganz gut Kaffee kochen kann, aber bei einem Streitwert vor Gericht über 100 Mark würde ich sicherheitshalber lieber Petrocelli engagieren. Und eines muß ich hier mal loswerden: Da kann sich der weiße Strick-Minirock samt Höschen dieser blonden Martini-Frau noch so wie von selbst an einem Faden auflösen, mir schmeckt das Zeug nicht. Außerdem, was habe ich Frauen schon mit Martini abgefüllt, es hat sich nie das Höschen aufgelöst.

S. 163

Umsatz aller deutschen TV-Sender 1997: ca. 11,8 Milliarden Mark brutto.

S. 60

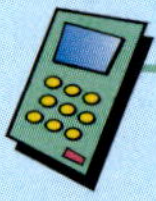

Angesichts des Frauenbildes in der Werbung stellen sich einige zentrale Fragen: Gibt es so etwas wie die Krönung-Light-Frau in Wirklichkeit? Glauben Frauen tatsächlich, daß sie mit schmutzigen Gläsern im Schrank nicht mehr vom Nachbarn gepoppt werden? Macht Putzen mit dem richtigen Putzmittel echt Spaß? Und, liebe Leserinnen, blaue Regel-Flüssigkeit stellt sich doch im Normalfall frühestens nach zwei getrunkenen Litern Wodka-Bols ein. Als die junge Frau im Spot für Camelia-Binden Weißwein (tatsächlich!) über die Binde gießt, um zu beweisen, daß diese funktioniert und trocken bleibt, war ich schon etwas verwirrt. Frauen, macht Ihr das wirklich, bevor Ihr die anlegt? Wir Männer trinken halt den Wein.

In den 90er Jahren wurde werbetechnisch wenigstens ein optisches Zugeständnis an die Frauen gemacht. Früher waren viele Spots mehr nur für männliche Augen gemacht. Überall, bei Lotionen, Autos und Parfums, räkelten sich lauter halbnackte Mädels im Bild. Da gab es für die Frauen im Gegenzug nur den Melitta-Mann, diesen pedantischen Coffein-Abhängigen. Allein die Vorstellung, daß der auch Sex mit jemandem haben könnte (iiih) ... Wenn der mit einer Frau schlafen würde, die würde ja wohl einen inneren Coffein-Schock bekommen und könnte sicher zwei Wochen nicht mehr schlafen. Da stellt sich natürlich die Frage, ob und vor allen Dingen wie verhütet eigentlich der Melitta-Mann? Lächelt er dann wirklich wie in seinem Werbespot verkniffen in die Kamera: „Da nehm' ich das hier!" Und zieht eine Melitta-Filtertüte raus: „Mit feinen Aromaporen!" Ich finde, man muß dem Melitta-Mann nicht unbedingt eine reinhauen – aber gut zu wissen, daß ich es könnte!

Doch mittlerweile wird in der Fernsehwerbung auch für die visuelle Grundversorgung von Frauen gesorgt. Da gibt es jetzt einiges zu gucken. Es ist schon hart geworden für uns Männer, auf allen Kanälen werben halbnackte, gut gebaute Kerle. Angefangen hat es mit dem Lenor-Softie, der uns allen seinen (ich gebe es ja zu) ziemlich knackigen Hintern gezeigt hat. Da haben sich viele Frauen schon gedacht: „Mein Gott, wenn der hinten schon so ausschaut ..."

Experten schätzen, daß mit Schleichwerbung im Fernsehen pro Jahr ca. 250 Millionen Mark umgesetzt werden.

DER Existentialist unter den halbnackten Werbeburschen ist für mich der Cool-Water-Mann, der bei 50 Grad im Schatten dauernd mit diesem Eisblock auf der Schulter rumläuft, sein braungebrannter nackter, schwitzender Oberkörper glitzert dabei pornös in der Sonne, zu dieser Hans-Hartz-auf-Drogen-Musik. Wir kritischen Männer haben uns natürlich alle schon mal gefragt, warum er diesen Eisblock da immer durch die Gegend schleppt? Hat er vielleicht nur Durst? Tja, cooler Bub, toller Body, aber oben wohl nicht so ganz clever – jemand sollte ihm mal sagen: „Du, Wasser gibt es auch in Flaschen!" Im Spot hechtet dann der Water Cooli ins Wasser und taucht kurz darauf (Kamera von vorne!) mit ausgebreiteten Armen aus dem Wasser wieder auf – aber kurz bevor sich die Wellen von seinen kräftigen Lenden wegkräuseln, schaltet sich wie von Geisterhand die Standbildtaste ein. Millionen Frauen an den Bildschirmen reißen erschrocken die Augen auf und fordern: „Playtaste drücken! Jetzt wollen wir doch mal sehen, ob sich die Kälte des Eisblocks unten ausgewirkt hat." Wir Normalos haben es seitdem leider nicht mehr ganz so einfach. Wegen all dieser toll gebauten Burschen in der Werbung realisieren die Frauen heute, daß neben ihnen im Bett meistens kein Cool-Water-Mann liegt, sondern eher die 4711-Version.

S. 15

Laut der Gesellschaft für Konsumforschung (GfK) empfinden fast 43 Prozent der Verbraucher die Werbung im Fernsehen als lästig (Stand: 8/98).

In der Werbung gibt es auch für Kinder oft nur unrealistische oder sogar gefährliche Vorbilder. Boris Becker schleckte Messer ab für Nutella, und Millionen kleiner Kinder schneiden sich die niedlichen Fressen auf. Andere Kinder zerbrechen rücksichtslos teures Geschirr, blicken dann ihren Vati mit unschuldigen Augen an und deuten auf den Teddy: „Aber das war doch Hugo!" Wenigstens wurde seit Mai '98 Kapitän Iglu von einem jungen, coolen, gutaussehenden Techno-Captain mit Dreitagebart ersetzt. Es wurde ja auch Zeit für den weißhaarigen Kapitän Iglu, den alten Kinderschänder! Dieser gütiggreise Hochsee-Schiffer, der immer alleine mit zwanzig zehnjährigen Buben im Matrosenanzug auf einem Expeditions-Schulschiff ... Und wenn er

S. 87

dann immer mit einem Blinzeln sprach: „Jungs, ich hab' da ein ganz besonderes Fischstäbchen!", das war doch schon ein bißchen eklig. Wahrscheinlich ist seine Lieblingssendung die Miniplaybackshow.

S. 48

Ich bin ja nicht zart besaitet, was Fernsehwerbung betrifft, aber eine Form kann ich wirklich nicht ausstehen: die Supergutdrauf-Spots. Man sieht zum Beispiel eine Party, wo lauter Ferreroküßchen-Wixer gelangweilt rumhängen. Plötzlich kommt einer rein mit einer Tüte Chio Chips oder einer Schachtel Ferreroküßchen, und alle sind im Nu super gelaunt, und die Party wird ein Bombenerfolg. Ich glaube das nicht! Wirklich nette Leute ohne Kommunikationsproblem würden da nie auftauchen. Mein Tip: Solch „guten Freunden gibt man schon ein Nüßchen" – aber voll auf die Birne! Da lob' ich mir lieber Existentialisten-Konfekt wie Raffaelo. Diese weißen bröseligen Kugeln sehen ja aus wie die Selbstgedrehten von Konstantin Wecker. Nur ein bißchen groß für die ungeübte Nase. Aber es würde erklären, warum die „Weiße Frau", dieses scheinbar adelige Tennis-Groupie, bei Raffaelo immer mit so verklärtem glasigem Blick durchs Bild schwebt: „Bei uns hier auf der Raffaelo-Insel ist immer Sommer!" Ja, klar! Auf Koks ist immer überall Sommer. Und auf dieser Insel laufen dann ja noch überall weißgekleidete Menschen mit starrem Blick rum, eine Szenerie wie aus *Einer flog übers Kuckucksnest.* Giotto dagegen sind nur so bräunliche Haselnußkugeln und sehen aus wie die von Raffaelo nach dem Verfallsdatum.

Ich weiß ja nicht, ob ehrliche Werbung funktionieren würde, aber es wäre doch mal einen Versuch wert. Bei Bierwerbung sollte man nur ihren Wahrheitsgehalt ein klein wenig verändern, zum Beispiel: „Trink Beck's – und du bewegst dich wie Joe Cocker!"

Die Sender ermitteln mittlerweile für 3–5jährige eigene TV-Quoten, damit Spots zielgenau plaziert werden können.

S. 155

Und gebt doch endlich zu, daß die silikonaufgespritzten Lippen von Dolly Buster nur eine tschechische Schleichwerbung sind für „Meica macht das Würstchen". Sind die windgegerbten Cowboys in Marlboro Country wirklich immer so easy und frei? Ich möchte nicht wissen, was da am Lagerfeuer los ist, wenn die Marlboros alle sind und der nächste Zigarettenautomat in der Wildnis 1000 Meilen weit weg ist, wie die sich dann ihre Steigbügel um die Ohren hauen. Diese Reibeisenstimme im Hintergrund klingt wie ein Kehlkopfoperierter mit Verstärker am Hals – den könnte man doch auch mal lächelnd im Bild zeigen.

David Duchovny (aus *Akte X*) machte Werbung für Löwenbräu. Christina Applegate alias „Dumpfbacke" Kelly Bundy startete ihre Karriere 1972, mit ihrer Mutter für Playtex Baby Windeln werbend.

S. 1

Zum Schluß möchte ich Euch Werbedrogen-Liebhaber noch vor gestrecktem Stoff warnen. Zum einen vor diesen Dauerwerbesendungen auf Homeshopping-Kanälen, weil schon allein die patzige Monotonie dieser synchronisierten Werbestimmen sich schädlich auf das Gehirn auswirken kann – scheinbar verdienen sich damit abgehalfterte Porno-Synchronsprecher in der Mittagspause noch ein kleines Zubrot. Zum anderen, hütet Euch vor versteckter Schleichwerbung in Serien und Filmen (zum Beispiel wird als Bier bei *Gute Zeiten, schlechte Zeiten* meist Diebels Alt getrunken), denn Ihr seid da ja eigentlich völlig wehrlos. Man wird mitten in einer Spielhandlung von einem Konsum-Appell überfallen. So schnell kann nicht mal ein echter TV-Junkie umschalten. Wie weit wird die Werbung noch gehen? In welche Dimensionen werden Werbespots in Zukunft noch vorstoßen? Ein Antwortversuch kommt von dem großen deutschen (?) Philosophen Howard Carpendale (O-Ton): „Isch weiß nur, ohne Mon Scheri darf isch an Weihnaschten nischt nach Hause kommen!"

Kellogg (Müslis) war der Sponsor der Serie *Skippy das Buschkänguruh*, gedreht 1969 im australischen Waratah National Park.

FALSCHE FEHLER

BONANZA

Die modernen Reißverschlüsse in den Hosen der Cartwrights und ihrer Kuhbuben anno 1850 waren eigentlich noch nicht entwickelt. Die Fernsehzeitschrift TV Movie bezeichnete dieses Phänomen als „frühreifer Hosenstall". Eigentlich wäre das ein Fall für Alien-Forscher Erich von Däniken und Fox Mulder aus AKTE X. Sind damals tatsächlich Außerirdische auf der Ponderosa gelandet und haben den Cowboy-Menschen quasi als Glasperlen-Ersatz die Zipper geschenkt?

S. 139

ENTERPRISE

In der Folge „Der Fall Charlie" betritt Captain Kirk den Turbolift zur Brücke und hat dabei ein goldenes Dreß-Oberteil an. Ein paar „Stockwerke" höher auf der Brückenebene steigt er aber in einem grünen Dreß aus. Der wechselt scheinbar seine Aufreißer-Hemden wie andere den Gesichtsausdruck – ratzfatz. Vielleicht war er auch etwas durcheinander, weil Uhura ihn mit ihrer lasziven Stimme gerufen hatte.

S. 117

PETROCELLI

Petrocellis Frau Maggie wurde in einer Folge entführt. Er und der Polizist Lieutenant Palms vermuten, sie in einem gewissen Motel zu finden. Sie stürmen ein Zimmer und finden sie bewußtlos am Boden. Tony beugt sich zu ihr runter, Palms geht ans Telefon und gibt die Anweisung: „Hier Lieutenant Palms, schicken Sie sofort einen Krankenwagen hierher!" Dann – klack – legt er auf und beugt sich auch zu Maggie runter ... Ist da niemandem etwas aufgefallen? Er hat nicht gesagt, WO der Krankenwagen hinfahren sollte! Die Folge wurde 1975 gedreht, und man munkelt, daß dieser Krankenwagen heute noch ziellos in Kalifornien herumirrt.

S. 60

SAUBERFRAUEN

Hassen wir nicht alle diese Sauberfrauen im deutschen Fernsehen, die immer alles richtig machen – Fehler ausgeschlossen –, immer nett und korrekt, pseudo-emanzipiert und trotzdem schleimiger als Schnecken mit Heuschnupfen? DIE Hausfrauen-Ikone mit der erotischen Ausstrahlung von Hausstaub ist ja für mich Uschi Glas, die es immer so schwer hatte im Leben, aber weil sie so fleißig und brav war, hat sie gleich drei Wünsche auf einmal geschafft: Kind, Tosca-Werbung und eine Karriere als Laienschaupielerin. Eine ihrer ersten großen Hauptrollen spielte die BierGlas Uschi als Apanatschi in *Winnetou und das Halbblut Apanatschi*. Sie war scheinbar damals noch Indianerin, das ist wie bei Michael Jackson – irgendwann bist du weiß. Die Kuschi durfte dann in den 70er Jahren nur in den ganz schlechten farbigen Edgar-Wallace-Filmen mitspielen, wie z. B. *Der Mönch mit der Peitsche*. In diesen Filmen durften alle anderen Frauen, die mitspielten, ihre Brüste herzeigen, nur Uschi nicht (Gott sei Dank). Sie war immer neidisch auf Karin Dor, die bei so Highlight-Wallace-Folgen wie *Der grüne Bogenschütze* mitschreien durfte. Muschi macht übrigens mittlerweile Werbung für Zewa Wisch und Weg. Deswegen sagen zu ihr auch viele einfach Wuschi (sauber).

S. 7

Kommen wir nun zu Margarete Schreinemakers, der Erfinderin des Betroffenheitspornos. Mit dem mildtätigen Heuchelgrinsen einer Wurstfachverkäuferin und der knarzenden Stimme von Bugs Bunny auf LSD litt sie immer gekonnt mit ihren Studiogästen und behandelte die zentral-philosophischen Themen des Lebens, zum Beispiel „Blähungen“ oder „Fußpilz“.

S. 58

Übrigens hat der Karriereweg der Macker Margarete ja in den 60er Jahren krimimäßig begonnen: Damals durfte sie bei Edgar-Wallace-Filmen knarzende Türen synchronisieren. Weil Schrei-Margarete so klein und ihr Breitmaul proportional zu groß ist, wäre sie Mitte der 80er bei einer Krötenwanderung fast von einem Lastwagen überfahren worden …

Die Sauberste der Sauberen, gegen die der „Weiße Riese" eine dreckige Schlammschleuder ist, ist aber auf jeden Fall Alleskönnerwissersuperweibin Hera Lind, die jetzt auch seit einiger Zeit im Fernsehen ihre „Lehre von der starken keimfreien Karriere-Kinder-Vermehrung" verbreiten darf. Pro Buch kriegt die ein Kind (wie schreibt die eigentlich?) – ich fühle mit den Kleinen, den armen Schweinen. Man sollte ihr das Bücherschreiben langsam verbieten, sonst zeugt sie noch eine zweite Kelly Family: die „Lind Familie". Und Mutter-Vater Hera wird wohl ihre Brut dazu zwingen, sich nicht nur auf das Singen zu beschränken – zusammen moderieren sie dann noch Talkshows und das *Literarische Quartett*, kriegen alle ihre eigenen Samstagabend-Shows, drehen Filme und überschwemmen ganz Deutschland mit Heras geistigem Erbe …

Vielleicht sollten wir uns doch mehr davor fürchten als vor Asteroiden aus dem All! Manchmal wünsche ich mir, ich wäre „Tilly" im Sado-Palmolive-Studio und dürfte Heras Sorgen Lindern. Rein mit ihr in die Saubertunke – sie würde nur noch blubbern –, und ich würde mit einem Lächeln antworten: „Ja, du badest gerade deinen Kopf drin!" (He he he, eine schöne Metapher …)

S. 106

Auf die Frage, ob es ihm was ausmacht, daß Hera Lind nach ihm die Sendung *Herzblatt* übernommen hat, antwortete Rainhard Fendrich in tvmedia: „Im Prinzip kann diese Sendung jeder Schäferhund moderieren."

EDUARD ZIMMERMANN

ES ist Freitagabend, 20 Uhr 15, die Zahl der Fernsehtoten wird wieder dramatisch steigen, denn wieder werden zwei bis vier schlechte Schauspieler bei *Aktenzeichen XY ungelöst* ermordet werden! Ach ja liebe/r LeserIn – damals war die Welt noch in Recht und Ordnung, dank des besten Spürhundes der Welt: Eduard Zimmermann. Die graue Eminenz der deutschen Verbrechersucherei war dreißig Jahre lang im selben Anzug, mit derselben Hornbrille und derselben Titelmelodie einer einoktavigen Bontempi-Orgel auf der Jagd – ich dachte ja schon mal, daß das ZDF vielleicht schon seit Jahren einfach die alten Folgen wiederholt. Ede ist für mich der Godfather of Mystery, er hat dem Grauen ein alltägliches Gesicht gegeben. Schon der Titel der erfolgreichsten Mystery-Serie der 90er ist doch kein Zufall: „*Akte*(nzeichen) *X*(Y ungelöst)". Ursprünglich war diese Serie nämlich schon in den 70ern geplant gewesen. Die Hauptrollen waren festgelegt: Eduard als Fox Mulder und Peter Nidetzky als die ewig zweifelnde Dana Scully. Völlig undichten Quellen zufolge heißt es, daß sich Nidetzky jedoch damals weigerte, Frauenkleidung anzuziehen – schade, vielleicht wäre er die Mutter aller Mystery-Helden geworden.

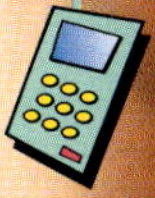

S. 139

Von 1967 bis 1997 präsentierte Mystery-Ede undurchsichtige Kriminalfälle und mysteriöse Phänomene, wenn er wieder mit zimmermanischer Vehemenz das Mörder-Puzzle zu lösen suchte (O-Ton): „Wer hat dieses Seil schon einmal gesehen?" Wir alle kannten ja dieses Seil, das es in jedem gutsortierten Baumarkt zu kaufen gab, und da wußten wir, daß der Täter nicht mehr die geringste Chance hatte: Zimmermann, der Fox Mulder der 70er, wird die Wahrheit finden, die irgendwo da draußen ist. Am 24.10.1997 lief Eduards letzte *Aktenzeichen*-Folge, das war ein schwarzer Tag im deutschen Fernsehen! Ist das nun der Anbruch einer neuen Ära? Derrick ist zurückgetreten, der „neue Alte" hustet auch schon – lieber Eduard, Du Heinz Sielmann der animalischen Verbrechersuche, wir wollen Dich wieder zurück!

Heute hat ein junger, blasser Emporkömmling namens Dr. Butz Peters Deinen Platz eingenommen (ist da irgendwo ein Vorname versteckt?). Bei *Aktenzeichen* wurde ja deswegen monatelang überlegt, ob sie jetzt die Titelmelodie ändern müssen in: „Es tanzt ein Biba Butzemann in unserem Haus herum!" Aber der Möchtegern-Zahnpastaonkel Dr. Butz ist wohl nur eine Marionette in einem großen Spiel: Eduard Zimmermann hält weiterhin die Fäden in der Hand und fungiert als Produzent von *Aktenzeichen XY ungelöst* hinter den Kulissen quasi als *Dr. Mabuse* der deutschen Fernsehkriminalität. Wahrscheinlich wartet er nur auf den richtigen Zeitpunkt, um mit einem großen Donnerschlag zurückzukommen und die Welt wieder ein bißchen sicherer zu machen! Ede, we wait for your comeback und auf Deinen magischen Satz: „Sachdienliche Hinweise nehmen alle Polizeidienststellen oder unsere Aufnahmestudios entgegen."

1949 wurde Eduard Zimmermann wegen eines Berichtes für seine Stockholmer Zeitung über die damalige Sowjetzone dort verhaftet und zu 25 Jahren Zwangsarbeit verurteilt, 1954 aber anläßlich einer Amnestie vorzeitig aus der Haft in Bautzen entlassen.

„JENSEITS der menschlichen Erfahrungen gibt es eine 5. Dimension. Sie ist unermeßlich wie das Weltall und zeitlos wie die Ewigkeit. Diese Dimension erfaßt den Übergang vom Licht zur Finsternis, von der Wissenschaft zur Mystik. Ihr Gebiet liegt irgendwo zwischen den Gipfeln aller Erkenntnisse und den Abgründen aller Ängste. Es ist die Dimension des Fantastischen.“ (*Twilight Zone*)
Willkommen in der Twilight Zone!

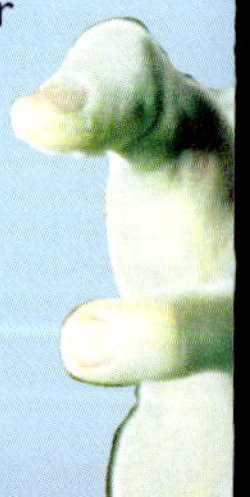

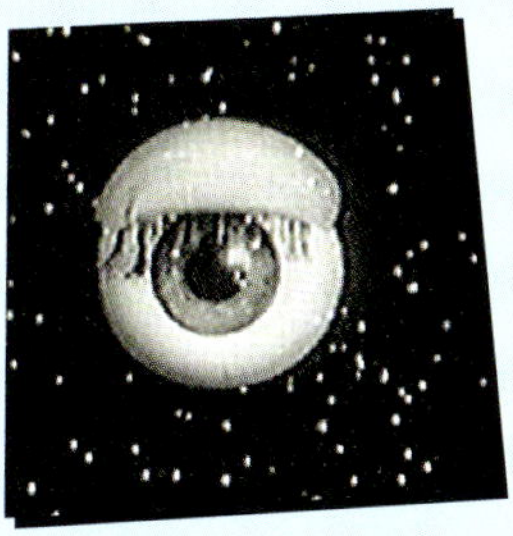

Das Unbekannte und Unerklärliche hat die Menschen schon immer interessiert. Doch der Mega-Mystery-Boom im Fernsehen kam erst in den 90ern mit *Akte X*. Die FBI-Agenten Fox „Spooky" Mulder (David Duchovny), der UFO-Gläubige, und die ewig zweifelnde Dana Scully (Gillian Anderson) sind fleißig auf der Suche nach der Wahrheit und Außerirdischen. Spock würde wohl zu *Akte X*-Ikone Dana Scully anmerken, sie sei „faszinierend". Seit *Quincy* hat niemand mehr schöner und akribischer zermanschte Leichen tranchiert als die Rothaarige, im Nebenberuf Pathologin. Da kann Fox Mulder mit seinem Hobby „Porno-Videos-Sammeln" (tatsächlich) nicht so ganz mithalten. Ich stelle mir vor, wenn der mal ein Video mit Dolly Buster in die Hände bekäme, würde er sicher glauben, den endgültigen Beweis für mutierte Aliens gefunden zu haben. Vertraue niemandem – und vor allem nicht den Brüsten einer tschechischen Pornodarstellerin! Was ich nicht ganz verstehe, ist das Biersponsoring für *Akte X* auf PRO 7. Ich suche noch den Verknüpfungspunkt von Binding Lager und *Akte X* … Vielleicht ist es so: Wer genügend Bier säuft, glaubt auch an Außerirdische. Bei *Star Trek: The Next Generation* in der Folge „Ein Planet wehrt sich" sagt eine fremde, anorganische, aber intelligente Lebensform über uns Menschen (O-Ton): „Ihr seid häßliche, hauptsächlich mit Wasser gefüllte Beutel." Der Anorganer war wohl noch nie in München auf dem Oktoberfest. Was wäre eigentlich, wenn wir tatsächlich irgendwann Außerirdische entdecken würden und merken, daß die eigentlich ganz nett sind, so wie Mork vom Ork (Robin Williams), und uns herzlich begrüßen mit (O-Ton) „Nanu nanu"? Trinken wir dann alle in Zukunft unsere Milch mit dem Finger?

S. 150

111

Die Mysterien des Alltags wurden nie schöner in Szene gesetzt als in der Serie *Catweazle*. Ein mysteriöser mittelalterlicher Schamane (Mystery-Arzt?) aus dem Jahre 1066 mit einem Zauberknochen und der Kröte Külwalda, der sich aus Versehen

S. 12

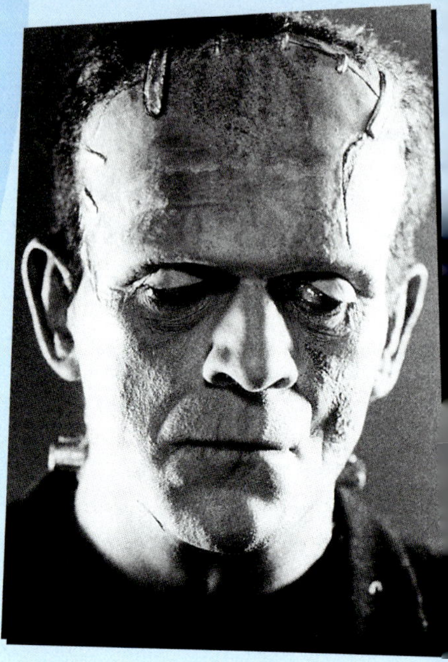

durch einen Zauberspruch in die Gegenwart katapultiert (O-Ton): „Helft mir, Ihr Geister, laßt mich fliegen! Ich beschwöre Euch, Ihr luftigen Wesen … Salmei, Dalmei, Adomei!“ Für Catweazle (Geoffrey Bayldon) ist die Gegenwart quasi die *Twilight Zone* mit paranormaler Dimension, als er beispielsweise in der Folge „Die Normannen kommen“ zum ersten Mal auf einen Traktor trifft (O-Ton): „Wie fürchterlich, ein Ungeheuer! Es heult wie die Verdammten, so laut, daß die Erde erbebt. Heule nicht, du magischer Kriegswagen!“

Der *Dracula*-Darsteller Bela Lugosi ließ sich in seinem Original Dracula-Kostüm begraben.

Ich persönlich wüßte wenigstens gerne mal die Erklärung für folgendes paranormales Phänomen: Wenn diese Snickers-Typen in der Werbung von ihrem Schokoriegel immer mit so einer dramatisch-energischen Schwungbewegung abbeißen wie Neandertaler von einer rohen Saurierkeule – warum zieht das bei denen nie Fäden?

Eine meiner Lieblings-Horrorgestalten ist Dracula. Die Figur des Dracula hat sich im Laufe der Zeit sehr geändert. Früher entwickelte sich der Grusel schon aus dem Blick Bela Lugosis – da sprangen reihenweise hypnotisierte adelige Frauen nur deshalb aus dem Fenster. In späteren *Dracula*-Filmen wie *Dracula jagt Minimädchen* mit Christopher Lee zeigt man dann schon die Bisse in Großaufnahme, und man sieht genau, wie das Blut herunterrinnt (uäch).

Das bedauernswerteste Monster der Film- und Fernsehgeschichte ist und bleibt das Monster in *Frankenstein* (nur wo Boris Karloff draufsteht, ist auch *Frankenstein*-Monster drin). Die frankensteinsche Kreatur, ein von Menschenhand aus Leichenteilen und Blitze-Strom geschaffener Lebewesen-Flickerlteppich,

S. 39

ist im gesellschaftlichen Zusammenleben etwas unbeholfen und weiß nie, wohin mit seiner Zerstörungskraft (ich habe mal als Kind in eine Stromdose gefaßt, da wußte ich für ein paar Stunden auch nicht mehr, wohin mit mir). Das Franki-Monster mag als naiver Schöngeist Vogelgezwitscher und Flötenspiel alter blinder Männer – er hat aber schon so manchen alten Blockflötenspieler beim Freudeklatschen aus Versehen erschlagen.

Ökologische Farbe ins Monstergenre brachte in den 70ern die Serie *Hulk*. Darin spielt Bill Bixby den Dr. David Banner, einen Wissenschaftler, der aus Versehen bei einem Experiment eine Überdosis Gamma-Strahlen abkriegt. Seitdem mutiert er, immer wenn er zornig wird, zu einem grünen, muskelstarken Monster Hulk (alias Lou Ferrigno). Ich muß sagen, eine halbe Flasche Bacardi hat bei mir ähnliche Auswirkungen, nur hält die Wirkung auch noch an, wenn ich nicht mehr sauer bin. Aber die Vorstellung, daß wie bei *Hulk* ein häßlicher, grüner, zorniger Bodybuilder mit schlechter Perücke in mir wohnt, der ab und zu meine Kleidung zerreißt, finde ich auch nicht so prickelnd.

S. 165

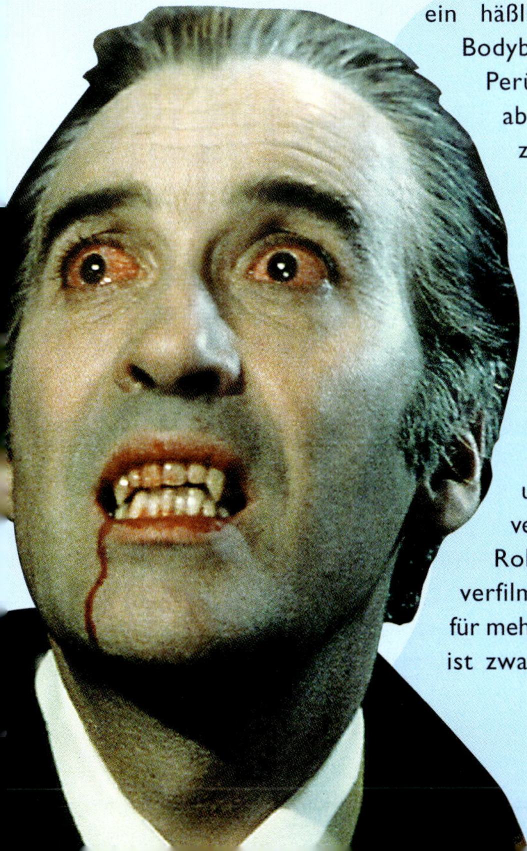

Die schönsten Monsterfilme sind für mich alte japanische *Godzilla*-Filme – da ist eigentlich jeder ein Werbefilm für Märklin-Miniatur-Eisenbahnlandschaften und übriggebliebene Silvesterkracher. Exil-Schwabe Roland Emmerichs Neuverfilmung von *Godzilla* 1998, für mehr als 120 Millionen Dollar, ist zwar aufwendiger gemacht,

Bill Bixby spielt in *Der Magier* (1973-74) den bekannten Nachtclub-Zauberer Anthony Blake, der seine Talente einsetzt, um Verbrechen aufzuklären. Dabei führte er alle Tricks selbst durch.

wirkt aber trotzdem wie eine klinisch-sterile Fixie-Family-Version des B-Monsters. Hätten die Japaner damals schon so viel Budget für ihren *Godzilla* zur Verfügung gehabt, dann hätten sie sicher die gesamte europäische Märklin-Produktion aufgekauft und mit Lust im Film zertreten lassen. Aber es ist auch nicht auszudenken, was passieren würde, wenn man mehr Schwaben ins Exil nach Amerika schickte – der erste 200 Millionen teure schwäbische Blockbuster-Vietnam-Kriegsfilm würde wohl nicht lange auf sich warten lassen. Titel „Hanoi“ (autsch).

S. 4

Von 1978 bis 1981 gab es im US-Fernsehen die *Godzilla Power Hour*, später in *The Godzilla / Globetrotter Adventure Hour* umbenannt.

Ein spezieller Gruselfilm der Neuzeit hat mich sehr verwirrt: *Zombie*. Die Handlung zeigt eine Gruppe von Menschen, die, eingesperrt in einem Kaufhaus und verfolgt von halbverfaulten blutgierigen Wesen, um ihr Überleben kämpfen. Das hört sich für mich eigentlich an wie ein ganz normaler langer Samstag bei Karstadt. Wer schon einmal in einer Kaufhaus-Kosmetikabteilung von den grellbunt und bis zur Unkenntlichkeit geschminkten Parfümerie-Schlampen angefallen und zum unfreiwilligen Test für eine übelriechende, unbekannte Flüssigkeit gezwungen wurde, der weiß, was nacktes

S. 42

Grausen bedeutet. Normalerweise nimmt man dafür Tiere in Labors. In der Elternbroschüre „Gewalt auf Video“ lautet übrigens die Definition von „Zombies“ (O-Zitat): „Menschen, die nicht sterben können und andere anfallen“. Seitdem sehe ich Rex Gildo und die Kessler-Zwillinge mit ganz anderen Augen.

MacGyver sieht in der Folge „Besuch vom anderen Stern“ fliegende Untertassen und schließt danach Aliens nicht mehr aus.

Besonders bei Horrorfilmen heißt es oft, das Fernsehen sei zu gewalttätig und brutal geworden. Aber wenn man solche Serien und Filme mal mit klassischen Opern vergleicht, relativiert sich diese Aussage etwas. Bei Opern geht es ja auch immer zu „wie d' Sau“ (wie wir in Bayern sagen), mit Liebe, Blut, Pathos und Meuchelmord. Bei den italienischen Arien habe ich immer das Gefühl, sie singen nur: „Ich bringe ihn um, die ruchlose Sau!“ In *Madame Butterfly* schlitzt sich die Hauptdarstellerin gleich selber den Bauch auf. Und von wegen dumme, brutale Handlungen in Horror- und Monsterfilmen: Beim *Ring der Nibelungen* tötet Siegfried einen Drachen und badet dann siegreich in dessen Blut – jeder Monsterfilm-Regisseur würde sich nach so einer Szene die Finger lecken. Ist die Oper die Mutter aller Splatter-Movies? Wenn bei *Tarzan* ein Großwildjäger einen Elefanten erschossen und anschließend in seinem Blut gebadet hätte, hätte Tarzan ihn sofort den Pygmäen ausgeliefert.

S. 109

Es bleibt alles ein großes Mysterium. Von *Akte X* habe ich gelernt, daß wir alle Teil einer großen Verschwörung sind. Es gibt verfolgte Quellen und Chaostheoretiker, die behaupten, die große Verschwörung gegen die Menschen würde durch das Fernsehen übermittelt: Geheime Botschaften werden versteckt mitgesendet. Das Fernsehen lebt, es ist ein Alien und ernährt sich von unseren Gedanken. Ich habe auch eigene Verschwörungstheorien. Ich suche schon seit geraumer Zeit nach dem Zusammenhang zwischen den Entführungsopfern von Außerirdischen und Darstellern in Krankenhausserien. Ich glaube, daß nach dem Mystery- und Arztserien-Boom auf allen Kanälen bald die beiden Genres miteinander verknüpft werden. Da heißt es dann wohl demnächst auf PRO 7: „Die Mysteryklinik – Sie werden eingeliefert, kommen aber niemals an!“

S. 146

Akte X light

BAYWATCH NIGHTS

Als die Serie *Baywatch Nights* anlief, haben wir uns ja alle gefreut auf geile Ex-Bikini-Weiber, auf Pamela Anderson & Co in heißen Abendkleidern und auf die endgültige schonungslose Aufklärung der Frage „Was machen die ganzen Strandtitten von Malibu, wenn es dunkel wird?“ Aber es sollte alles ganz anders kommen – werdet nun Zeuge des tapfersten Versuchs einer *Akte X*-Kopie, einer Serienmutation, welche die Grenzen des menschlichen Verstandes zu sprengen vermag: „Akte X light“.

S. 153

27. 4. 98 SAT.1 / 16.00: Die Fernsehzeitschrift *Gong* gibt die Handlung der heutigen Folge von *Baywatch Nights* folgendermaßen wieder: „Mitch (David Hasselhoff) zieht einen Jungen, der gegen die Wellen kämpft, aus dem Wasser. Plötzlich werden beide von einem Blitz getroffen.“ Erst regt sich Freude bei mir, vielleicht ist das ja die letzte Folge von David Hasselhoff. Aber bei seinem Glück wird er wohl nach dem Blitzschlag zu „Super-Hassel“ und kann dann mit den Wellen sprechen. 11. 5. 98 SAT.1 / 16.00: Ich staune über die Inhaltsangabe der heutigen Folge (*Gong*): „In einem Labor werden Mitch, Ryan und Teague Zeugen eines außergewöhnlichen Experiments: Mittels modernster Technik sollen zwei Wikinger, die tausend Jahre im Eis eingefroren waren, aufgetaut und zum Leben erweckt werden. Einem der

S. 13

Wikinger gelingt es, aus dem Labor auszubrechen. Mitch und Griff (?) müssen den Tobenden in den Straßen von L.A. wieder einfangen, während Ryan und Laborleiter Dr. Lancaster den zweiten Mann beleben …" Hier stellen sich natürlich ein paar kleine Fragen: Wenn man Wikinger auftauen kann, kann man dann nicht mit modernster Technik aus Hassel-David einen guten Schauspieler machen oder zumindest einen kleinen Teil seines Gehirns wiederbeleben? Wie konnten die beiden Wikinger vor der *Baywatch*-Küste Kaliforniens einfrieren? Machen Ryan und der Laborleiter Dr. Lancaster beim zweiten Wikinger wirklich Mund-zu-Mund-Beatmung?

15. 5. 98 SAT.1 / 16.00: „Der Diener" ist endlich mal eine Folge mit realistischer Handlung (*Gong*): „Als Nina mit ihrem Chauffeur die Sammlung ägyptischer Kunstschätze, die ihr verstorbener Mann zusammengetragen hat, betrachten will, werden sie von einer Mumie angegriffen. Als Mitch den Tatort untersucht, macht er eine interessante Entdeckung." Bitte sagt mir nicht, daß er da die Pharaonin Nofretete trifft, die in einem früheren oder späteren Leben Rettungsschwimmerin war … Außerdem glaube ich nicht, daß Nina mit ihrem Chauffeur (!alleine im Museum!) nur die Kunstschätze betrachten wollte … Bitte, Boris Karloff, Du meine Lieblings-Mumie von damals, mach dem Spuk endlich ein Ende!

25. 5. 98 SAT.1 / 16.00: Die Reality Show geht weiter. *Gong*: „In einem Geisterhaus werden Garner und seine Nichte Keera von dem hingerichteten Mörder Ray Eliot verfolgt. Dessen Mutter hat dem toten Killer befohlen, Keera zu töten. Mitch und Ryan versuchen den Wahnsinn zu stoppen." Vielleicht muß ich nur noch mal nachfragen, ist ein hingerichteter Mörder nicht ein toter Mörder? Oder töten Mörder Hingerichtete? Außerdem schließe ich mich dem letzten Satz der Inhaltsbeschreibung an: Wann versucht jemand diesen Wahnsinn zu stoppen? Hier reißen plötzlich alle Aufzeichnungen ab … Seltsam? Aber so steht es geschrieben!

Bereits im Alter von 7 Jahren entschied sich der kleine David – nachdem er eine Aufführung von Rumpelstilzchen gesehen hatte –, daß er Schauspieler werden wollte.

ARZTSERIEN

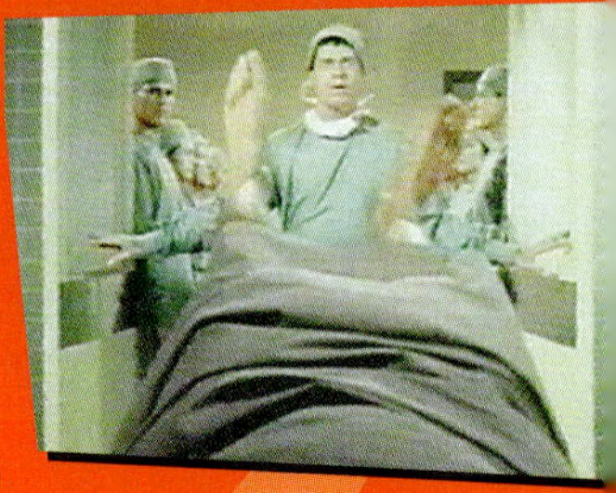

Aufgrund der Ärzteserienschwemme im deutschen Fernsehen der 80er und 90er Jahre habe ich langsam das ungute Gefühl im Magen, daß der Fernseher zum virtuellen Sprechzimmer für ein krankes Volk wird. Die Fernseh-Kurpfuscher werden angeführt von *Frauenarzt Dr. Markus Merthin* (Sascha Hehn) und Stefan Frank (Sigmar Solbach), „Der Arzt, den die Frauen versauen" (oder so ähnlich). Da wurde doch der immergeile Traumschiffer Sascha Hehn als Bock zum Gärtner gemacht. Sein O-Ton „Gut, dann werden wir jetzt noch ein kleines EKG machen!" heißt doch auf Sascha-Deutsch soviel wie „Zieh dich aus, leg dich hin, ich heil' dich!" Wer nicht mal AOK-versichert ist, der wird bei RTL in die *Stadtklinik* eingeliefert, in der die OP-Doktoren mit ihren grünen Arztkitteln eher aussehen wie Jagdgehilfen mit Duschhauben. Ist Euch eigentlich mal bei *Emergency Room* aufgefallen, daß da, trotz aller Hektik und Überlastung, immer ein Arzt zufällig am Empfangspult steht, wenn gerade wieder ein Neuzugang auf einer Bahre reingeschoben wird? Bei der Schwestern-Soap *Geliebte Schwestern* liefen dauernd nur großlippige notstationsgeile Schwestern in knappen Schürzen rum, und beim *Alphateam* tragen die sogar Schuhe mit hohen Absätzen! Also, ich hatte im Krankenhaus als Schwesternbetreuung immer nur ehemalige Ringerinnen mit Fleischwarenfachverkäuferin-Abschluß. Bei *Für alle Fälle Stefanie* opfert sich die Mutter Teresa aller Krankenschwestern für 1200 Mark im Monat für lauter dumme Patienten auf und ist dabei immer gut drauf (hä?). Da würde ich gerne mal eine Real-Folge mit folgender Handlung drehen: „Die ganze Familie von Stefanie kommt bei einem Unfall ums Leben. Sie dreht durch, besäuft sich, und am nächsten Morgen bedient sie dann die Beatmungsmaschine wie der Metzger das Bolzenschußgerät." Ich denke noch mit höchster Nostalgie an den *Muppets*-OP zurück (O-Ton): „Schalten Sie auch nächste Woche wieder ein, wenn sie die Schwester sagen hören: ‚Dr. Bob, Dr. Bob, der Patient ist tot!' Und Dr. Bob antwortet: ‚Dann hat er ja das Schlimmste überstanden, ho ho ho ho …'"

S. 143

Pernell Roberts (Adam Cartwright) spielte die Hauptrolle in der Arztserie *Trapper John MD.*

Wenn die prallen Möpse hüpfen!

SEX hat in den 90ern die Kanalisation des Fernsehens endgültig erobert. Früher wurde ja in den Serien mehr die Liebe großgeschrieben. Ich möchte dieses freizügige Kapitel einleiten mit einer der schönsten Liebeserklärungen aus *Die Waltons*, die es je im Fernsehen gab: Opa Zeb Walton (Will Geer) sagt in der Folge „Der Ausreißer" zu Oma Esther (Ellen Corby) (O-Töne): „Ich erinnere mich, als ich zum erstenmal etwas Wildes mit nach Hause gebracht habe." Oma Walton fragt verwundert: „Was?" Worauf Zeb mit liebevollem Blick erwidert: „Du, Esther! Du bist die einzige Frau, die ich kenne, die sogar mit offenen Augen schnarcht."

S. 36

Den Cartwrights von *Bonanza* wird oft ihr frauenloses Dasein auf der Ponderosa vorgeworfen, und viele munkeln sogar von homosexuellen Anzeichen: Ein 60jähriger Cowboy bzw. Kuhbube, der mit seinen drei 30jährigen Söhnen und einem chinesischen Koch in einer WG namens PondeROSA zusammenwohnt ... Da wird übersehen, daß vor allem Little Joe und Adam in den 453 Episoden viele, viele Mädels angebaggert haben. Die beiden haben in der Serie so manches Mal ihre sexuellen Gelüste explizit kundgegeben, zum Beispiel in der Folge „Mr. Henry Comstock": Little Joe und Adam wollen zum Goldgräbertanz nach Virginia City. Adam muß vorher noch tausend Rinder in die Ebenen bringen, aber Little Joe will schon mal in die Stadt vorausreiten. Da ruft ihm Adam noch nach (O-Ton): „Heb mir noch ein Mädchen auf, ich bin hart im Nehmen!" James Bond könnte das nicht schöner formulieren. Später in der Folge küßt Little Joe beim Goldgräbertanz die Indianersquaw Saratushi. Als ihr Vater Winnemuka, der Häuptling der Pajutes, das sieht, greift er Joe mit einem Messer an. Gerade noch geht Ben Cartwright dazwischen und trennt die beiden. Dann verspricht Ben dem Winnemuka folgendes (O-Ton): „Meine Söhne bestrafe ich selber!" (Oh, oh!) So wurde wieder einmal der sexuelle Drang von Klein Johannes im Keim erstickt.

S. 37

Deutsche Fernseherotik kam in den 80er Jahren zu ihrem ersten vorzeitigen Höhepunkt. Das RTL- und SAT.1-Nachtprogramm – Saftprogramm beglückte die Nation mit den schönen Softpornofilmen der 70er: Sexpack für Erotikdurstige. Die Titel solcher Filme zeigen uns gleichnishaft die ätherischen Sphären perfekter Erotik, zum Beispiel (Originaltitel): *Wenn die prallen Möpse hüpfen*, *Otto – der Pflaumenpflücker* (Tutti Frutti?) oder *Drei Nüsse für Aschenbrödel* (scheinbar ein tschechisches Erotikmärchen). Wir Bayern genossen mehr etwas griffigere Metaphern wie (O-Titel) *Der Kurpfuscher und seine bumsfidelen Töchter*. Die Luft knistert vor Erotik, wenn laszive Landmädel am Wolfgangssee und auf der Alm lederhosensprengende Geilheit

Der erste Nackt-Skandal im TV: In der Show *Wünsch Dir was* 1968 hatte eine 17jährige Kandidatin eine durchsichtige Bluse an.

versprühen. Apropos Alpen und Poppen, vor einigen Jahren war ja die Austria-Fernseh-Sex-Beratung sehr in Mode, die große Stunde der Erika Berger. Ist es nicht wirklich wahnsinnig geil, sich Sex-Tips von einer farblosen 50jährigen Österreicherin geben zu lassen? (Ich fand *Klimbim* mit Ingrid Steeger weitaus informativer)? In ihrer Aufklärungssendung saß die Bergerin immer wie eine besserwisserische Deutschlehrerin da. Einmal war ihre Bildunterschrift „rät zur Handarbeit", und sie hauchte: „Man kann sich selbst befriedigen und dem anderen dabei sagen, was man so empfindet." Das ist wohl das Dümmste, was ich je gehört habe, oder soll dann wirklich der Typ seiner Freundin die Wahrheit sagen: „Weißt du, wenn ich dabei an Claudia Schiffer denke, ist es am schönsten."

S. 77

Die 90er haben uns im Fernsehen so bahnbrechende Sexualaufklärungssendungen gebracht wie *Liebe Sünde* oder *Wa(h)re Liebe*, ja die Wanders ist des Müllers Lust (Oh, oh!). Meine wahre liebe Wander-Lilo, Du hast immer so tolle Fummel an, aber Deine fleischfarbenen Stützstrümpfe und diese blondgebackene Hausfrauenfrisur, laß doch endlich Deinen Perückenmacher erschießen. Ich finde ja, das Thema Sexualaufklärung hat niemand besser aufbereitet als John Boy Walton in der Folge „Der junge Prediger". Da erklärt John Boy seinem Bruder Jim Bob (O-Töne): „Manche Leute haben ein Verlangen nach Sünde wie nach Rhabarberpudding." Doch Jim Bob zieht noch nicht so ganz: „Ich hasse Rhabarberpudding!" Das mit der Verhütung hat damals bei den Waltons ja noch nicht ganz so geklappt. John und Olivia Walton waren ja so arm, daß sie sich nicht dauernd neue Kondome leisten konnten. Wenn mal wieder das Familienkondom geplatzt war, haben sie dieses mit Fahrradschlauch-Flickzeug notdürftig repariert und – die Folgen kennen wir ja: John Boy, Jim Bob, Jason, Ben, Mary Ellen, Erin und Elizabeth.

S. 45

In den 90ern ist das Thema Verhütung zentral geworden, im Zuge der Gleichberechtigung werden da nun auch die Männer mehr gefordert. Deshalb haben sich doch viele Frauen wohl oft schon gedacht: „Wenn dieser MacGyver beim Sex genauso einfallsreich und geschickt ist wie sonst auch immer – dann wäre das der Superstecher aus dem Paradies!“ Klar, der hätte als Mann nie Probleme, wenn er zum Beispiel mal das Kondom vergessen hat, bückt er sich einfach suchend: „Irgendwo liegt schon eine Alditüte rum, da bastel' ich mir in nullkommanix einen Ersatzpräser.“ Wenn eine Frau die Pille abgesetzt hat, lächelt er nur überlegen: „Schatz, ich hab' da so eine Kugelschreiber-Spirale!“ Der MacGyver ist auch der einzige lebende Mann, der bisher mit einem Kompaß und einem Faden den G-Punkt bei der Frau gefunden hat!

S. 98

Vulkanier werden alle 7 Jahre vom Paarungszyklus „Pon Farr“ erfaßt. Dabei müssen sie auf ihren Heimatplaneten Vulkan zurück, um sich zu paaren oder bei dem Kampf um die Geliebte sterben.

1996 war es plötzlich soweit: Die Sendung *Peep!* wurde aus der Taufe gehoben. Das Flehen aller Singles und Wixer wurde erhört, und die Queen der Erleichterung erschien anfangs in Gestalt von Amanda King Lear, einer ehemaligen Discotranse. Sie sprach weder richtig deutsch, noch verstand sie ihre Studiogäste, deswegen wurde Verona Feldbusch ihre perfekte Nachfolgerin. Oder wurde sie doch nur wegen ihres Namens genommen – FeldBusch? Jedenfalls wurden die Rufe lauter: Warum nicht gleich eine richtige Peep-Show mit der Busch-Vroni nackt auf einer Drehscheibe – wen interessieren ihre Schülerzeitungsinterviews à la Provinzweinkönigin auf Wortschatzsuche? Viele schimpfen über Verona Feldbusch, aber ich sage: Wieso, einmal gut gefickt – schon eine eigene Sendung, ich finde das klasse! Da poppst du sonst dein Leben lang und – nichts! Dolly Buster hat ihren Mund auch ganz schön voll nehmen müssen, bis sie zu *Peep!* als Rätsel-Ballon-

S. 35

Expertin durfte. Sie sieht ja immer so schlecht bunt geschminkt aus, als ob sich eine unbeholfene Achtjährige mit tschechischen Fingerfarben beschmiert hätte. Eigentlich bräuchte die gar kein Make-up, sondern eher einen Gesichtsentferner. Ich muß allerdings bei Popp-Dolly kritisch anmerken, daß ich Frauen gegenüber immer skeptisch bin, bei denen eine Titte größer ist als ihr Kopf! Trotzdem finde ich grausam, daß sie immer diese Klamotten aus polnischen Kindergärten anziehen muß. Verona Gemeinschaftsbusch entwirft ja ihre Kleider selbst, nach dem Motto „Geschmack ist Glückssache". Habt Ihr übrigens nicht auch das Gefühl, daß Veronas Röcke bei *Peep!* von Folge zu Folge kürzer werden – in 20 Folgen hat die vielleicht nur noch eine Halskrause an (ja ja, das würde mir so gefallen). Aber man kann Dolly „Paßt Er?" eins nicht absprechen, sie hat einen wahnsinnigen Aufstieg gemacht, vom Pornogeschäft bis in die Familienshowunterhaltung bei *Peep!*. Die verdient da jetzt ein Schweinegeld für jeweils nur ein paar Minuten Arbeit – und das ohne Schlucken! (ups)

117

Der sexieste Film der 60er: *Barbarella.* Hier kämpfte sich Jane Fonda im Jahr 40 000 in einer Raumanzug gewordenen Männerphantasie durch den Film. Sie überwindet hierbei sogar die grausame Lustorgel der schwarzen Königin, die durch permanente Orgasmen tötet.

Hauptsächlich sitzen ja bekanntermaßen Männer in den Schaltpositionen beim Fernsehen. Wird deswegen vielleicht der Sex-Anteil immer größer? Apropos, der geilste und fleißigste Stecher des Universums war (oder ist?) Captain Kirk vom *Raumschiff Enterprise*. In fast jeder Folge schmeißt er sich an eine Außerirdische Schönheit ran, eine nach der anderen und vorher noch die nächste! Sein Spitzname war ja „Captain Immergeil". Kirk hat es natürlich sehr leicht mit den Frauen. Der geht da einfach in die Weltraumbar, zuerst guckt keine auf unseren Helden, der 79 Folgen lang den Bauch eingezogen hat, aber dann zieht er mit großer Bewegung den Zündschlüssel der Enterprise raus und legt diesen protzig auf die Theke – plötzlich hängen die Alieninnen wie Tribbles an ihm. Dabei flüstert er ihnen noch cool ins Ohr: „Mit Liegesitzen, Baby!" Und beim Thema Verhütung hilft dann wie immer – Pille! Es gibt übrigens eine Folge von *Raumschiff Enterprise* mit dem Titel „Implosion in der Spirale" …

S. 120

Geliebte Fernsehgöttin

DIE Göttin der 90er Jahre ist das „*Baywatch* Girl“ – ohne Gesicht und ohne Namen – nur mit perfekten Mörder-Titten und String-Tanga-geschlitzem Popo. Ihr süßen Geschöpfe am kalifornischen *Baywatch*-Strand, ihr seid in jeder Szene voll präsent, dürft immer mit eingeölten Körpern lächelnd durchs Bild hüpfen (vielleicht freuen sie sich ja wirklich?), eure Nippel mit Eiswürfeln auf Optimal-Größe getrimmt, und manchmal dürft ihr auch so tun, als ob ihr euch unterhalten könntet – göttinlich!

Am *Baywatch*-Strand gibt es keine häßlichen Menschen, aber ist Euch eigentlich mal aufgefallen, daß *Baywatch* der gefährlichste Strand der Welt ist? Da werden alle paar Folgen Tote angespült (die Häßlichen), und dauernd „ertrinken“ Leute, das heißt, sie halten sich souverän so lange „mühsam“ über Wasser, bis – ja, bis – dann schlägt nämlich immer die große Stunde der geilen Rettungsweiber, Erika Eleniak, Pamela Anderson & Co, in ihren roten Mörder-Badeanzügen. Sie thronen über allen playmatigen Körpern der Sünde und verwandeln jeden simplen Wasserrettungsversuch in einen lasziven Berührungsakt mit Mund-zu-Mund-Beatmung (yeah). Wie gerne würde ich auch mal vor der *Baywatch-Küste* ertrinken und mich von einer „Sirene in Red“ retten lassen: „Ja, Hilfe, Pamela, ich halte mich am besten an den beiden Bojen fest!“ (Hä, hä.) Die Bojen-Pam zieht auch am Seil immer so eine rote Ersatztitte hinter sich her. Außerdem hat sie ja beim Brustschwimmen ein großes Problem, jedesmal wenn sie kopfüber mit ihren Brust-Airbags ins Wasser springt, dann ploppt sie immer gleich wieder auf den Rücken. Deswegen muß Bojen-Pam die Leute immer im Rückenschwimmen retten.

S. 144

Baywatch – ist es eine Action-Serie, Sportsendung, Badeanzug-Werbung oder Softporno? Nein, es ist die hohe Kunst der heiligen Tittenpräsentation – die Handlung dreht sich quasi nur um die Nippel der Protagonistinnen. Mich würde ja quotenmäßig mal interessieren, wie viele Leute (sprich: Männer!) dabei eigentlich wirklich die Handlung mitverfolgen und wie viele Leute das Ganze nur einhändig betrachten? Apropos, gebt uns Erika Eleniak (alias Shaunie Mclain in der ersten Staffel) zurück – seit ihrem Weggang von *Baywatch* wurde sie in ihren Folgefilmen auch nie wieder so gewürdigt, wie sie es verdient hat. Sie mußte zum Beispiel im Actionthriller *Alarmstufe: Rot* nackt aus einer Torte hüpfen und dann mit Steven Seagal, dem einmimischen Karateka, eine ganze Horde Terroristen niedermetzeln. Soviel Handlung lenkt doch nur ab vom Wesentlichen – Brüste, die schauspielern wollen. Laßt sie, wie im Vorspann von *Baywatch*, doch einfach 60 Minuten in Frontalaufnahme die Rolltür vom Bademeisterhäuschen öffnen! Laßt sie Mitch Buchanan alias David Hasselhoff ersetzen, diesen Ronald McDonald der Wellen. Hier verbünde ich mich mit allen Emanzen dieser Welt: Macht *Baywatch* zur „schwanzfreien“ Zone!

S. 94

Jedes Jahr verbrauchen die Stars von *Baywatch*: 153 kg Make up, 400 Liter Sonnenöl, 900 Paar Ohren- und Nasenstöpsel, 575 Badeanzüge, 230 Kartons Eiweiß-Snacks!

Wahn &

ES gibt schon Zeiten, in denen ich meine Umwelt etwas verwirre: Meinen Automechaniker nenne ich dann gerne „Scotty", die Bedienung im Restaurant „meine bezaubernde Jeannie" und den Typen an der Würstchenbude „Hop Sing" (der haßt das immer, wenn ich bei ihm im Original Bonanza-Chinesisch „Cullywulst mit Blötchen" bestelle).

wirklichkeit

Mein bester Freund hat sich mittlerweile daran gewöhnt und hört nun brav auf „Lassie", und die Telefonistinnen von der Telekom-Auskunft lieben es inzwischen sogar, wenn ich sie zärtlich „Uhura" nenne, oder in der Langform: „Guten Tag meine allwissende Kommunikationsoffizierin mit Knopf im Ohr, ich bräuchte eine Auskunft auf allen Frequenzen."

MacGyver: Die Telefonnummer der Phoenix Foundation lautet 5 55 34 93. Die Zahlenkombination 555 bedeutet seit den 70er Jahren im amerikanischen Fernsehen, daß es eine fiktive TV-Nummer ist.

Ich habe bei Identitätsproblemen früher immer *Was bin ich* mit Robert Lembke eingeschaltet und nach dem Prinzip der Sendung mein eigenes Ich Schweinchen für Schweinchen wiederaufgebaut. Auch sonst kann man viele Dinge aus der Fernsehwelt auf den langweiligen Alltag übertragen, aber, liebe LeserInnen, merkt Euch dabei immer eins, um mit der Warnung aus einem berühmten Film mit kleinen pelzigen *Gremlins* zu sprechen: Füttere niemals einen Soap-Darsteller nach Mitternacht, und bringe niemals, merke, NIEMALS ein Mitglied der Kelly Family mit Wasser in Berührung! Die Folgen wären nicht auszudenken.

123

S. 131

In einer meiner Wahnphasen habe ich mal einen fernsehwissenschaftlichen Selbstversuch unternommen und Werbespots im Alltag ausprobiert, immer auf der Suche nach meiner televirtuellen Traumfrau: Muckis wie Pippi Langstrumpf, Humor und Handkante wie Emma Peel, Augenaufschlag wie die Bezaubernde Jeannie, Mund-zu-Mund-Beatmung wie Erika Eleniak, Köpfchen wie Miß Marple und Beine wie Uhura – das ist doch nicht zuviel verlangt! Ich bin deshalb zum Beispiel einmal auf eine stinklangweilige Fete gegangen, habe mich in die Mitte des Raums gestellt und laut eine Packung Chio Chips aufgerissen – es hat keine Sau von mir Notiz genommen. Dann habe ich mal den Cool-Water-Spot inszeniert, ich wollte halt auch mal so cool sein und mit einem Eisblock auf den Schultern bei uns in der Kleinstadt im Freibad rumlaufen. Aber ich frage mich heute noch, woher der Typ immer diesen Eisblock hat, ich hatte leider nur eine große Plastiktüte voller Eiswürfel bekommen. Wahrscheinlich sah das auf der Schulter nicht ganz so cool aus.

S. 130

S. 1

Fernsehen kann eben manchmal auch negative Effekte haben, es ist wie mit allen Glücksdrogen, man muß seine persönliche richtige Dosis finden. Ich habe mal an einem Tag zehn Folgen *Raumschiff Enterprise* hintereinander geguckt. Fasziniert sah ich da stundenlang Crew-Mitglieder durch wie von Geisterhand sich selbst öffnende Türen gehen. Als ich danach aufstand und schnurstracks ins Bad gehen wollte, bin ich voll gegen die Tür gelaufen (scheinbar war die Selbstöffnung irgendwie defekt). Und was lerne ich daraus? Das nächste Mal schaue ich nur neun Folgen *Enterprise* hintereinander und, um mich dann wieder an die Realität des 20. Jahrhunderts zu gewöhnen, schaue ich noch eine Folge *Lindenstraße*. Übrigens, um als echter TV-Junkie auch mal über so viele Fernsehstunden hinweg wachzubleiben, habe ich einen kleinen Tip: Ich süße einfach meinen Kaffee mit Red Bull. Dann brauche ich auch nicht noch extra Gummibärchen essen.

S. 38

Kiffen und fernsehen gleichzeitig kann die Grenzen zwischen Realität und TV allerdings sehr verschwimmen lassen – meine Nachbarin war wochenlang beleidigt, nur weil ich sie im Treppenhaus mit „Guten morgen, Frau Drombusch“ gegrüßt habe. Bekifft glaubt man auch endgültig jeder Werbung im Fernsehen aufs Bild – ich habe mich einmal von oben bis unten mit AXE eingesprüht und eine Woche im Aufzug gewartet, daß mich eine Frau anfällt. Ich habe schon gestunken wie ein Schwein – vielleicht ist ja auch deshalb nichts passiert. Auch die Heulgrenze wird durch Kiffen plus Fernsehen viel eher erreicht. Ich erinnere mich noch genau an *Feivel der Mauswanderer*, an den Moment, in dem das Schiff mit den Mäusen zu sinken droht und ich Rotz und Wasser heulend dasaß, über mir eine tropfenförmige Sprechblase: „Buhuhuu, die armen Mäuse!“ Und gleichzeitig habe ich mir die Nase

Pernell Roberts alias Adam Cartwright zu seinem Ausstieg 1966 bei *Bonanza* (O-Ton): „Drei Erwachsene, die sich von ihrem Vater alles sagen lassen, das ist mir einfach zu blöd.“ Er spielte dann Rhett Buttler in der Musical-Version von *Vom Winde verweht*.

wundgerieben wie Wickie, um eine gute Idee zur Rettung der Mäuse zu kriegen. Du merkst spätestens dann, daß du vielleicht ein bißchen zu weit auf die dunkle Seite des Fernsehens rübergeglitten bist, wenn das Aussuchen korrekter und passender Kleidung als Vorbereitung auf bestimmte Sendungen einen wichtigen Teil in deinem Leben einnimmt …

Also, ich habe wenigstens in der Zwischenzeit meinen Fernseher im Bad abgeschafft, und das hat einen guten Grund. Einmal habe ich im Dämmerzustand eine halbe Stunde im Bad ferngesehen, und als dann Werbung kam, ging ich ins Wohnzimmer und habe auf die Couch gepieselt (na ja). Andererseits habe ich beim „Kiffernsehen" eine der großen Wahrheiten unserer Fernsehgeneration herausgefunden: Die *Schwarzwaldklinik* war eigentlich die erste große Kiffer-Serie im deutschen Fernsehen! Der Beweis: Klaus Jürgen Wussow und Sascha Hehn finden beide Gaby Dohm geil und streiten sich um sie – die müssen ja bekifft gewesen sein ohne Ende.

1953 gab es eine Fernsehadaption von *Flash Gordon,* die überwiegend in West-Berlin gedreht wurde.

146

Für den kleinen Fernseh-Hunger unterwegs habe ich mir übrigens so einen Pocketfernseher gekauft, manchmal hilft auch ein Walkman mit Film- und Serienmusikkassetten. Ein Arzt hatte mal gemeint, ich sollte meine TV-Sucht therapieren: Und vielleicht würde ich mich entwöhnen, indem ich nur noch ganz arme, miese Serien und Filme angucken würde, zum Beispiel statt etwa *Bugs Bunny* nur noch schlechte polnische Zeichentrickfilme. Das habe ich dann gemacht, aber dadurch bin ich erst draufgekommen, daß *Lolek und Bolek* ein wichtiger Meilenstein im Kalten Krieg Ost-West war, und das Ganze bekam dann für mich erst richtig eine soziokulturelle gesellschaftsrelevante Dimension, und ich versäumte seitdem keine Folge. Als ich dann dem Arzt noch gestand, daß ich auch die Serie *Flash Gordon* von 1921 liebe, hat er mich aufgegeben und mir weiterhin meine Augentropfen verschrieben …

S. 120

IKE GODSEY+BALDWIN-SCHWESTERN

S. 4

Es gibt eigentlich nur zwei berühmte Ikes der Unterhaltungsbranche. Ike Godsey (Joe Conley) bei den Waltons und Ike Turner. Aber Ikes Frau Corabeth (Ronnie Claire Edwards) konnte nicht so gut singen wie Tina „The Horse" Turner: „Ain't no walton mountain high enough! River deep, walton mountain high!" Die Kessler-Zwillinge der Walton Mountains waren natürlich die Baldwin-Schwestern (Mary Jackson und Helen Kleeb). Schon Ike Godsey sagte in „Der junge Prediger" (O-Ton): „Emily und Mamie Baldwin sind die Stützen unserer Gesellschaft!" Die Baldwins sind auch die Erfinderinnen einer völlig neuen Raum-Zeit-Theorie, in der Folge „Eine Frau für Ike" sagen sie (O-Ton): „Cora Beth hat uns eingeladen, ich hoffe, wir sind pünktlich; weil meine Uhr immer vorgeht und die Uhr meiner Schwester immer nachgeht, einigen wir uns immer auf die Mitte."

S. 1

PETER NIDETZKY

Seine Fahndungsaufrufe bei *Aktenzeichen XY ungelöst* waren die amüsantesten. Hier eine Original-Nidetzky-Personenfahndung vom 12. 1. 1996 (O-Ton): „Der Täter ist circa 30 Jahre alt, circa 1,80 groß, er war komplett dunkel gekleidet und ist auf der Flucht!" Ich dachte ja eigentlich immer, daß alle, die da genannt wurden, auf der Flucht waren.

STETTLER UND WALDORF

Ich behaupte, jeder hat in seiner Verwandtschaft einen Stettler oder Waldorf, einen dieser schwerhörigen nörgelnden alten Onkels und Opas, die sogar dein Blockflötensolo vor der versammelten Familie genüßlich hinrichten. Aber in der *Muppet Show* liebe ich gerade die sarkastischen Kommentare der beiden Alten in der Loge. Hier ein kleines Beispiel. Stettler befragt Waldorf zur Show (O-Töne): „Na, hast du schon mal was gesehen, was schlechter zusammengesetzt war?" Waldorf wie aus der Pistole geschossen: „Ja, meine Frau!" (ho ho ho) So hatte keine Hühnerjonglage der Welt auf der

Dauer-Verlierer Cliff Barnes versuchte sich in *Dallas* dreimal umzubringen.

Muppet-Bühne auch nur den Hauch einer Chance. Wenn das gehen würde, würde ich die beiden mit den Baldwin-Schwestern verkuppeln – what a combination!

HARRY KLEIN

56

Harry (Fritz Wepper) ist der König aller Nebenrollen und eigentlich der letzte große Überlebende einer alten Serien-Generation, als der ewige Assistent. Schon beim *Kommissar* von 1968 bis 1974 war Wepper Harry Klein und befolgte jeden noch so dämlichen Befehl brav mit: „Ist gut, Chef!" Immerhin durfte er ab 1974 bei *Derrick* seinen Chef beim Vornamen nennen: „Ist gut, Stefan!" Und auf Geheiß durfte er in jeder Folge devot den Wagen vorfahren: „Harry, hol schon mal den Wagen!" Wenn Schimanski (Götz George) nur einmal Thanner (Eberhard Feik) angeblafft hätte: „Du, äh Thanner, hol den Wagen!", da hätte der sicher nur erwidert: „Schimanski, leck mich am Arsch!" Nunmehr 30 Jahre lang nur Harry Klein zu sein, das läßt sogar jeden Extrem-Masochisten erschaudern. Klar, der nette Geschäftsmann, der sich nach Feierabend von einer Domina auspeitschen und quälen läßt, geht danach wenigstens aus dem Studio auf die Straße und ist wieder der selbstbewußte Familienvater, der sein Leben fest im Griff hat. Aber wenn Harryfritz Kleinwepper aus dem Fernsehstudio geht, bleibt er – Harry Klein (oh mein Gott)! Aber ich danke Dir, Harry, daß Du mir diese ewige Konstante im Leben gegeben hast. So konnten auch Millionen von Eltern ihre Kinder zum Lernen in der Schule bewegen, mit Abschreckungssätzen wie: „Sei fleißig, oder willst du wie Harry als Assi ohne Eier enden?!" Doch Dein 30jähriges Assistententum muß auch nach Derricks Ende nicht vorbei sein. Ich schlage vor: Harry Klein wird der neue Assistent beim *Glücksrad!* Wer sagt, daß Buchstaben immer nur von langbeinigen Frauen umgedreht werden müssen? Und den Wagen, den die Kandidaten gewinnen können, kann Harry dann gleich gewohnheitsmäßig schon mal selber vorfahren …

Peter Nidetzky ist Autor zahlreicher Fachbücher zum Thema Pferdesport und seit 25 Jahren Chef der österreichischen Springreiterei. Sein größter Erfolg war die Silbermedaille von Barcelona/Team und 4 Weltcup-Gesamtsiege (Simon/Frühmann).

S. 46

KWAI CHANG CAINE

DIE genreübergreifende Actionserie der 70er war *Kung Fu* mit meinem spirituellen Helden Kwai Chang Caine (David Carradine) – der Name hört sich fast an wie Kunta Kinte aus *Roots*. Man wußte nie so genau, ist *Kung Fu* nun eine Cowboyserie oder mehr ein Bruce-Lee-Film in Episoden. Versetzt Euch kurz zurück in dieses mysteriöse Shaolin-Kloster mit dem blinden Ausbilder-Mönch Meister Po (Keye Luke), der immer mit dem Stock zwischen Zehntausenden von brennenden Kerzen herumtastete und ausrief „Grünschnabel, wo bist du?" („Grünschnabel" hieß im Original übrigens „Grasshopper"). Mir war ja immer schon klar, warum der Po blind war, ich hätte mit diesen pupillenabdeckenden weißbemalten Kontaktlinsen auch nichts gesehen. Ich habe mich damals oft gefragt, wer all diese Tausende von Kerzen hat anzünden müssen? Meister Po sprach ja nur in esoterischen Gleichnissen (O-Ton): „Man sagt, ein Shaolin-Priester kann durch Wände gehen. Sucht man ihn, so sieht man ihn nicht. Lauscht man, so kann man ihn nicht hören. Berührt man ihn, so kann man ihn nicht fühlen." Was wahrscheinlich soviel heißt wie „Kann mal jemand das Licht anschalten!". Unser Kung-Fu-Azubi Caine aber hat beim Anzünden der zigtausend Kerzen unbewußt irgendeinen verborgenen Muskel und eine spezielle Bewegung trainiert und aus dieser Anzünd-Bewegung dann einen tödlichen Schlag erlernt (tja, that's Kung Fu!). Auf unserem Schulhof wurden montags immer die am Wochenende gelernten Schlagkombinationen besprochen und natürlich sofort ausprobiert. Gott sei Dank fand man schon immer einen Kleineren und Schwächeren, der gegen das Zeichen des Drachen keine Chance hatte. Die Kung-Fu-Kämpfe in der Serie waren immer in Zeitlupe gefilmt, so daß man sie sich besser abgucken konnte. Heute weiß ich, daß die das damals einfach nicht schneller konnten.

S. 71

Cool oder besser gesagt hot ist der Vorspann der Serie, in dem sich Kwai Chang Caine die Symbole des Drachen und des Tigers an einem glühenden Kessel auf seine Unterarme einbrennt, indem er die Unterarme an den Kessel preßt und diesen so hochhob – „Branding" war damals scheinbar hipper als „Blutsbrüdering". Wenn Caine gerade mal wieder in Schwierigkeiten war, hatte er eine gute Methode: Er ließ immer ganz zufällig (blinzel) seine Jackenärmel zurückrutschen, dann konnten die Gegner die Brandsymbole sehen und bekamen sofort Angst – „Hilfe, das Zeichen des Shaolin-Drachen! Das muß Kwai Chang Caine aus *Kung Fu* sein, mit seinem tödlichen Zündel-Schlag!" – und sie rannten sofort weg ... Kwai Chang Caine war 62 Folgen lang auf der Flucht vor den Häschern des Kaisers, weil er in China dessen Neffen in Notwehr getötet hatte (der hatte vorher Meister Po in den Hintern getreten). So gesehen war er der asiatische Dr. Kimble!

David Carradine verhalf 1972 dem damals noch völlig unbekannten Schauspieler Don Johnson (Miami Vice) in einer Folge von *Kung Fu* zu einer seiner ersten Rollen im Fernsehen.

Apostel und Bodybuilder

AN Weihnachten sehe ich immer sehr gerne Fernsehfilme, in denen ein Penner sehr viel Geld findet, es zurückbringt und dann in die dankbare Familie aufgenommen wird (obwohl bei uns früher an Weihnachten die Obdachlosen vor der Tür nie Heinz Rühmann oder Karlheinz Schroth waren). Mein Lieblings-Weihnachtsfilm ist aber ein alter Schwarz-Weiß-Film mit James Stewart, *Ist das Leben nicht wunderschön?* (im Original *It's a wonderful life*).

Die Schlußszene, in der alle dem guten James Geld schenken, um ihn und seine Familie vor dem Ruin zu bewahren, wirkt bei mir immer wie ein sofortiger Weinbefehl.

S. 128

Weinen könnte ich auch bei weihnachtlicher Kaffee-Werbung: Bei der Jacobs-Krönung-Familie sitzen doch alle außer Mutter im Wohnzimmer und freuen sich an ihren Geschenken. Mutter schuftet in der Küche und versucht alle ins Eßzimmer zu kriegen. Aber die haben anscheinend alle eine Denkblase über dem Kopf: „Uääh, vergiß Mutter, die ist eh so langweilig, was will ich denn mit der, wenn ich so ein tolles Geschenk habe." Deshalb reibt sich *Wickie*-Mutti an der Nase, bekommt die Idee der Heiligen Hausfrau und kocht eilig Krönungskaffee. Scheinbar mit einem Fön bläst sie den Geruch ins Wohnzimmer, wahrscheinlich zusätzlich mit einer gehörigen Portion Marihuana-Rauch, und plötzlich rufen alle freudig: „Hey, das ist ja die Krönung, ja, Mutter ist die Beste, olé olé Super Mutter" und kommen sofort zum Essen. Wenn ich diese Mega-Mutti wäre, ich würde der Drecksbagage „Rattengift Light" in den Kaffee mischen und mich mit allen Geschenken davonmachen („Da weiß man, was man hat").

Eine Folge („It's a wonderful job") von *Das Model und der Schnüffler* kopiert die Handlung von *It's a wonderful life*: Ein Schutzengel gibt Maddie Hayes Gelegenheit zu erleben, was passiert wäre, hätte sie die Agentur zwei Jahre zuvor verkauft.

16

Leichte sadistische Tendenzen gab es ja im Weihnachts-Fernsehprogramm schon immer, ich erinnere nur an die Sendung mit dem schönen Titel *Wenn die anderen feiern …* Man hätte das auch gleich nennen können „Bei den anderen ist alles schöner …", da konnte man gut sehen, was es wirklich für tolle Geschenke auf der Welt gibt (unsere schwarze Heiliger-Drei-König-Figur hatte nur einen Arm). Und die Sendung *Warten aufs Christkind* ist doch auch nur dazu da, die Kleinen bis zur Bescherung im Warten zu quälen. RTL hat dann vor einigen Jahren den Sadotrend noch verstärkt und ein neues Weihnachtsprinzip eingeführt: Action- und Blutfilme

gleich nach der Bescherung. Den Anfang machte damals *Der Horroralligator* (tatsächlich!), dessen Handlung so dünn ist wie die Augenmembranen eines Krokodils, der Blutwert jedoch bei Kübelfaktor 9 liegt. RTL selbst konnte dieses Werk Weihnachten '97 noch mit *Die Rache der Killerfische* toppen, und SAT.1 bescherte uns mit *Steiner – Das eiserne Kreuz II*. Brutal konterte das ZDF mit *Kommet und seht! Familiengottesdienst aus der Kirche in Schnait*. Ich warte ja noch auf bluttriefende Actionbibelverfilmungen von RTL oder SAT.1, die alle Zielgruppen erwischen. Ich könnte mir da zum Beispiel vorstellen: „Maria M. – die blutige Hölle im Puff von Jerusalem" oder natürlich „Jason jagt Judas – Karfreitag der 13."

Bei einer der ersten Einstellungen in dem Monumentalfilm *Ben Hur* entdeckt man inmitten einer flüchtenden Menge in antiken Kostümen eine Frau im 50er-Jahre-Cocktailkleid, die offensichtlich dachte, die biblische Karawane geht in die Kantine.

Mein Appell an dieser Stelle: Gebt uns die großen klassischen Weihnachtsvierteiler zurück! Aber nicht Rosamunde-Pilcher-Verfilmungen, die echten, so wie *Der Kurier des Zaren* oder *Der Seewolf* – obwohl ich ja bis heute nicht sagen könnte, was die größere weihnachtliche Desillusionierung meiner Kindheit war: der Tag, als ich meine Nachbarin im Keller beim Umkleiden im Nikolaus-Kostüm entdeckte, oder der Tag, an dem ich erfuhr, daß die vom Seewolf Raimund Harmstorf zerquetschte Kartoffel vorgekocht war!? Und was haben wir Buben uns damals an Kartoffeln wundgedrückt! Da hatten es die Mädchen mit ihren blöden Uri-Geller-Gabeln leichter – einmal heimlich hinterm Rücken verbogen, und schon hatte der Schulhof wieder ein paranormales Phänomen.

S. 139

An Ostern sehe ich natürlich gerne stundenlang Kreuziger-Filme. Und nicht nur zum Vergnügen: Ich vergleiche, der TV-Forschung wegen, die Amateurdarsteller in Zeffirelli-Filmen mit den hochbezahlten Hollywood-Mimen etwa in *König der Könige*. So ein Gekreuzigten-Test macht schon Spaß – wer spielt's am besten? Die coolste Kreuzigungsszene gibt es aber ausgerechnet in einem etwas anderen Genre, im Post-Sandalenfilm *Conan der Barbar*: Conan alias Arnold Schwarzenegger wird an einen Baum genagelt und in der Wüste zurückgelassen. Als sich dann ein Aasgeier gierig an Arnies Hals ranmacht, beißt er dem Viech die Gurgel durch. Kurze Zeit später retten ihn seine Barbaren-Kumpels. Da muß man sagen: Das war scheinbar ein bißchen besser organisiert als bei Jesus. Ich finde schon, Gott hat seinen Sohn damals ganz schön hängen lassen!

In dem Monumentalfilm *Die größte Geschichte aller Zeiten* spielte Telly Savalas alias Kojak den Pontius Pilatus.

Was es an allen Feiertagen immer gibt, sogar an Pfingsten (der optimale Pfingstfilm wurde ja immer noch nicht erfunden), sind Sandalenfilme. Ich als Geschichtsinteressierter liebe Sandalenfilme wie (O-Titel) *Herkules, Samson und Odysseus*: Italienische Bodybuilder versuchen, ein Drehbuch zu kapieren und zu sprechen – und nebenbei hauen sie den Philistern ganz schön auf die Fresse. War damals Doping eigentlich schon ein Thema? Wer hätte je gedacht, daß antike Helden aussehen wie Schwarzeneggers debile Onkels aus der Steiermark. (War *Arpad der Zigeuner* eigentlich ein ungarischer Sandalenfilm?) Vielleicht wagen sich Hollywood-Produzenten ja bald an Jesuslatschenfilme, natürlich mit Happy-End und Leonardo Di Caprio als hübschem Jesus mit dem Slogan: „Kein Schiff, keine Planke – er geht über Wasser!"

Bibelfilme insgesamt erinnern mich immer irgendwie an die Kelly Family: Schmuddelige Menschen zeugen wahllos Kinder mit komplizierten Namen. Und zwischendrin steht immer irgendein Alp-Öhi mit langem weißem Bart, der das Merchandising fest im Griff hat. Auch die Leo-Kirch-Bibel-Neuverfilmung 1996 (Bibel die 271.) bot wenig Überraschungen. Ich hoffe, ich kriege das noch einigermaßen zusammen: Hera kriegt Sohn von Norach, Loth der Sohn von Onan. Sarai hat einen von Terach und Abraham von Telemach (stimmt das?). Und alle ziehen dauernd durch irgendeine Wüste, und bei jeder Oase glauben sie, dies sei das gelobte Land, und jubeln. Besonders schön fand ich die TV-Werbung zu dieser Serie (Original!): Man sah eine abgebildete Bibel im Bild, und da stand der Werbespruch: „Jetzt auch als Buch im Handel erhältlich."
Wo ist Don Camillo, wenn man ihn braucht …

106

Paul Newman bekam seine erste Filmrolle in dem Sandalenfilm *Der silberne Kelch*. Er spielt darin einen griechischen Künstler, der den Kelch entwirft, aus dem Jesus beim letzten Abendmahl trinkt. Er sah in seiner Mini-Toga zum Anbeißen aber lächerlich aus. Später rief er die Zuschauer auf, sich diesen Film nicht anzusehen und ließ eine ganzseitige Anzeige aus der Branchenpresse entfernen.

IRRWEGE

Viele Fernsehstars sind berühmt für eine Rolle, der sie ein charismatisches Erscheinungsbild verliehen haben. Viele Fernsehstars brauchen aber auch vor und nach dieser Rolle Geld, um zum Beispiel den neuen Whirlpool mit lebendem Inhalt zu finanzieren. Hier ein paar Beispiele für Schauspieler, die fremdgingen und uns TV-Junkies dadurch beim Zappen oft das Gefühl geben, doch LSD genommen zu haben.

S. 46

Maren Gilzer, die Mutter aller Buchstabensuppen, spielte im Dieter-Wedel-Vierteiler *Der Schattenmann* eine Nutte. Sie sollte Heinz Hoenig alias King verführen (O-Ton): „Hi King, ich bin Sonja ... Jan Herzog schickt mich." Ich rief noch: „Nein, King, tu's nicht! Sie ist keine echte Nutte, nur eine kleine Buchstabenumdreherin aus dem Osten. Sie hat scheinbar beim *Glücksrad* zwei Buchstaben falsch umgedreht und ist schon ins Milieu abgerutscht." Und er tat „es" nicht – das war knapp, Heinz!

Ben Cartwright (Lorne Greene) spielte in der Science-Fiction-Serie *Kampfstern Galactica* den Commander Adama. In einer Folge war es schon etwas peinlich, als er den Piloten der Raumflotte den Befehl geben mußte, die feindlichen Zylonen anzugreifen, und ihnen etwas abwesend zurief: „Treibt die Rinder zur Westweide!" (Ups!) Ähnliche

S. 120

Schwierigkeiten hatte später in *Kampfstern Galactica* sein Serien-Sohn Apollo (Richard Hatch), der vorher die Nachfolge von Steve Heller (Michael Douglas) in *Die Straßen von San Francisco* angetreten hatte. Als Hatch versuchte, außen an seinem Raumschiff die rote Magnet-Polizeisirene anzubringen, war sein Schicksal besiegelt …

57

Al Bundy (Ed O'Neill) aus *Eine schrecklich nette Familie* spielt in einer Episode von *Miami Vice* („Pakt mit dem Teufel") einen Polizeibeamten, der sich von der Drogenmafia hat korrumpieren lassen. Scheinbar wollte er Kohle machen, um aus seinem schrecklich netten Familienleben auszubrechen!? Aber im entscheidenden Moment wechselt er wieder die Seiten und rettet Crockett und Tubbs das Leben. Kurz darauf erhängt er sich, weil er mit seiner doppelten Identität nicht zurecht kam, als er wieder ein normales Polizistenleben führen sollte. Oder hatte man ihm gesagt, daß er wieder zu seiner rothaarigen Frau Peg zurück muß?

Captain Kirk (William Shatner) in der Cop-Serie *T.J. Hooker*, mit seinem 80er-Jahre-Burt-Reynolds-Gedächtnis-Toupet und Schnürkorsett, hat in der Zukunft auf der Enterprise schon mal bessere Zeiten gesehen (wurde das Korsett von Hooker wirklich von der NASA entwickelt?). In der Folge „Rachsüchtig" spielt sogar Spock (Leonard Nimoy) mit, und vor allem die Schlußszene ist wunderbar: Kirk und Spock bedrohen sich im Streit gegenseitig mit Pistolen. Ich hatte das Gefühl, daß sich die beiden irgendwie schwertun, dabei ernst zu bleiben (schaut Euch das mal an!).

S. 117

Der Räuber Hotzenplotz (Gert Fröbe) als Erzschurke bei James Bond – ein Kindertraum zerbrach …

SCOTTY

MEIN großer Held an Bord der Enterprise war und ist Chefingenieur Montgomery „Scotty“ Scott (James Doohan), ein um seine Maschinen unentwegt besorgtes technisches Genie. Seine Leistungen als Mechaniker gelten in der Flottenakademie heute schon als Schulbeispiel. Im Gegenzug dient sein Ruf als Whiskytrinker als Abschreckungsbeispiel (in den Klassenzimmern der Flottenakademie hängen Sauf-Fotos von Scotty), denn er konnte am Tag zwei Flaschen Jim Beam aussaufen. Der berühmte Satz „Beam me up, Scotty!“ hatte ja ursprünglich eine ganz andere Bedeutung!

Es gibt keine Maschine im Kosmos, mit der Scotty nicht fertig werden würde (MacGyver dürfte bei ihm gerade mal Azubi werden). Alles konnte er reparieren, vom Soltriebwerk bis zu interstellaren Damen-Vibratoren. Legendär ist für mich auch, wie cool Scotty immer reagiert. Ein Beispiel: Die Enterprise verfolgt ein „Phänomen“ (eine Art Gaswolke) mit Warp-Geschwindigkeit. Dann trifft Kirk die gefährliche Entscheidung (O-Ton): „Mr. Sulu, auf Warp 8 erhöhen!“ Alle zucken zusammen, weil bei Warp 8 die Möglichkeit besteht, daß die Enterprise auseinanderbricht (Warp 7 ist schon der Hammer). Scotty gibt zu bedenken (O-Ton): „Wir können Warp 8 nicht länger halten. Wenn wir weiterfliegen, zerreißt’s mir die Aggregate!“ (Solche Sätze kamen gerne kurz vor dem dritten Werbeblock.) Kirk hatte sowieso keine Ahnung davon und befiehlt (O-Ton): „Mr. Scott, dann tun Sie was dagegen!“ Und dann kommt einer der berühmten Scotty-Sätze (O-Ton): „Aye, Sir, entweder wir schaffen’s, oder wir explodieren! Ich kann für nichts garantieren!“ Damit war eigentlich alles gesagt. Alle waren beruhigt. Scotty setzt kurz die Gesetze der Physik außer Kraft, und dann paßt’s schon.

S. 69

Scotty hat übrigens mal in einer Folge von *Bonanza* mitgespielt, er war als Cowboy verkleidet und natürlich völlig unterfordert, denn für ihn war das ja graue Vorzeit. Er lief auch immer so nervös herum, als ob er etwas suchte, das er reparieren könnte. Das einzige technische Gerät in der Nähe war sein Colt, und mit dem konnte er noch nicht ganz optimal umgehen: Er schoß einen anderen Cowboy tot und lamentierte dann: „Hey, ich hatte doch den Phaser auf Betäubung gestellt ...!?“ Und sein Pferd blickte ihn ziemlich überrascht an, als er losreiten wollte und nicht wie die anderen normalen Cowboys so „Hüjah“ rief, sondern „Sol 8, Sol 8!“.

Scotty sieht grundsätzlich die Enterprise als sein Schiff an und Kirk bloß als den Fahrer (O-Ton): „Captains sind wie Kinder. Sie fordern immer mehr, als sie brauchen. Die Kunst ist es, ihnen nicht zu geben, was sie wollen, sondern das, was sie wirklich brauchen.“ Und in der Folge „Besuch von der alten Enterprise“ in *Star Trek: The Next Generation* bringt er seine tiefe Beziehung zum Schiff endgültig auf den Punkt (O-Ton): „Damals, bei meiner alten Enterprise, konnte ich nur durch Berührung der Platten die Schnelligkeit bestimmen.“ Ja, der Scotty konnte das wirklich, davon bin ich fest überzeugt! Live long and prosper!

Schauspieler James Doohan (Scotty) über William Shatner (Kirk) (O-Ton): *„Er ist ein eingebildeter, selbstgefälliger, arroganter und eitler Idiot!“*

PRÜFUNG TV-JUNKIE

So, jetzt ist es soweit! Der finale Test steht an! Nun kratzt Euer gesamtes Wissen zusammen! Wie war das noch mal – die drei Engel für Charlie hießen mit Vornamen ...? Der Bruder von Kojak war ...? Äh-mh-äh? Viel Vergnügen:

1. Wie heißt der Sprit der Enterprise?
a) Warpplasma
b) Dilizium-Kristalle
c) Sol Sister

2. 1949 wurde Eduard Zimmermann verhaftet und verurteilt zu ...
a) 25 Jahren Zwangsarbeit
b) 25 Jahren Fernsehmoderation
c) 25 Jahren Kassengestell

3. Wer (und in welcher Serie) spielte in den 80ern mit dem schlechtesten Toupet seit Burt Reynolds und einem bis an die Grenzen des Materials prall gefüllten Korsett einen Polizei-Ausbilder?
a) Walter Sedlmayer in *Polizeiinspektion 1.*
b) William Shatner in *T.J. Hooker.*
c) Günter Strack in *Mit Leib und Seele.*

4. Wer war schuld, daß David Hasselhoff Schauspieler wurde?
a) Rotkäppchen
b) Aschenputtel
c) Rumpelstilzchen

5. Wie heißt der Vater von Hop Sing?
a) Kwai Chang
b) Hop Ling
c) Hong Kong Pfui

6. Wie heißt der etwas seltsame Waldschrat-Freund der Waltons, wegen dem in einer Folge die gesamte Scheune abgebrannt ist?
a) Sam Hawkins
b) Yancey
c) Hias

7. Baywatch Nights ist
a) Akte X light
b) Hamlet light
c) Electric light

8. Wie heißt das verwundete fremdartige Wesen, das hauptsächlich aus Silikon besteht, und von Pille in einer Folge verarztet wird?
a) Pamela Anderson
b) Horta
c) Kate Moss

9. Wie heißt die Biochemikerin, der Porter Ricks in Flipper immer schöne Augen gemacht hat?
a) Ulla Norstrand
b) Ulla Stromstedt
c) Inger Nilsson

10. Wie heißt der Ameisenbär in Der Rosarote Panther?
a) Blaue Eliese
b) Blauer Emil
c) Harald Juhnke

Lösungen Prüfung TV-Junkie

1b), 2a), 3b), 4c), 5b), 6b), 7a), 8b), 9a), 10a), 11b), 12a), 13b), 14b), 15c)

11. Der Schauspieler Martin Landau mimte in Kobra, übernehmen Sie (1. Staffel) den Verwandlungsspezialisten Rollin Hand. In welcher Science-Fiction-Serie spielte er auch eine tragende Rolle?

a) Commander Walter Koenig in *UFO*
b) Commander John Koenig in *Mondbasis Alpha 1*
c) Commander Heinz Koenig in *Lost in Space*

12. In welcher Serie spielte Wolfgang Völz (alias Mario de Monti / Raumpatrouille Orion) einen Butler?

a) Graf Yoster gibt sich die Ehre
b) Graf Bobby gibt sich die Kante
c) Graf Rocher gibt sich die Kugel

13. Auf welcher Insel wurden die Bacardi-Werbespots gedreht, bei denen immer vier hammermäßig hübsche Single-Frauen mit drei wunderschönen, schwulen Männern den ganzen Tag nur Bacardi saufen?

a) Taka-Tuka-Land
b) Praslin
c) Coney Island

14. Wie lautet der alte Werbespruch von Persil?

a) „Wäscht einfach nicht sauber, sondern rein!"
b) „Da weiß man was man hat, guten Abend!"
c) „Nein, mit Perwoll gewaschen!"

15. Du bist Besatzungsstatist an Bord der Enterprise. Mit wem unterhältst du dich?

a) mit Uhura über den Film *Dracula jagt Mini-Mädchen*
b) mit Kirk über den Film *Otto der Pflaumenpflücker*
c) mit niemandem, weil sonst tot

Jetzt Lösungen vergleichen!
(sich wundern, sich freuen, je nachdem …)

Und? UND? Habt Ihr es geschafft? Seid Ihr wirklich die SuperMegaJunk SuperCracks? Oder seid Ihr Loser, die sofort das ganze Buch wieder von vorne lesen müssen? Wer nicht mehr lesen kann, muß jetzt sofort zur Strafe ein Foto von sich in einem Baywatch-Badeanzug machen und schicken an: TV-JUNKIE ZENTRALE, c/o Sol De Sully, Hanfelderstr. 19, 81457 München. Erst dann dürft Ihr weiter (und die, die alles richtig haben, sowieso). Denn jetzt bekommt Ihr die:

Ehren TV-Junkie Urkunde

Hiermit bestätige ich, Michael Mittermeier, daß sich

____

durch eifriges Studium dieses Buches und gutes Grundwissen den Titel eines

EHREN TV-JUNKIES

erworben hat. Die obengenannte Person ist von mir autorisiert, an öffentlichen Plätzen zu Themen der Fernsehkultur und der TV-Wissenschaft im allgemeinen zu sprechen. Gleichzeitig kann diese Person bei Vorlage dieser Urkunde in Hotels oder bei Vermietern nachweisen, daß ein Kabelanschluß und Fernseher grundsätzliche Lebensbedingungen für ihn oder sie darstellen, auf die in keinem Falle länger als einen halben Tag verzichtet werden kann. Kabeltransplantationen oder Videokassettenspenden können deshalb für obige Person steuerlich abgesetzt werden.

München, den (Michael Mittermeier)

EPILOG

Liebe TV-Junkies, was wird eigentlich aus unseren Helden, wenn sie tot sind? Gibt es vielleicht im Himmel einen riesigen Fernseh-Vergnügungspark, eine Art TV-Land? Muß da die Kerncrew der Enterprise als Waltons-Statisten arbeiten? Moderieren MacGyver und Scotty da zusammen die *Sendung mit der Maus*? Und gibt es vielleicht auch eine TV-Hölle? Wenn, dann müßten dort bestimmt alle Soap-Darsteller in schlechten Gameshows mitspielen.

Wie wird es für uns in der Zukunft sein? Wo geht es hin? Sitzt irgendwann in grauer Zukunft ein weißhaariger alter Mann auf einem Berg, dem Waltons Mountain, und erzählt unsere Geschichte? Ein Szenario wie bei dem Endzeit-Film *Mad Max II*: „Ich weiß noch die Zeit vor den großen Quoten-Kriegen ... als kaputte Ex-Programmdirektoren überall in den Straßen lagen, einschaltquotenabhängig, ausgemergelt... mittlerweile ist ja alles hier Wüste geworden. Aber ich sage Euch: aus dieser Öde werden neue Helden hervortreten, Fernsehhelden, die wir brauchen ..." (Hier müßte jetzt melancholische Filmmusik einsetzen!)

Auf alle Fälle werden wir alle schon zu Staub zerfallen sein, wenn vielleicht irgendwo auf dem Planeten Erde ein kleiner Junge am Boden kniet und „Er ist tot, Jim" spielt. Und die umstehenden Kinder lachen von ganzem Herzen, haben dabei ein wohliges und leicht nostalgisches Gefühl und blicken in diesem Moment auf eine Zeit, in der alles noch vielleicht ein klein wenig besser war. Zumindest hoffe ich, daß unsere Kindeskinder sich noch über solche Kleinigkeiten amüsieren können. Und wenn dann noch ein Kind einen Hund streichelt und ihn zärtlich Lassie nennt, dann hat es sich gelohnt.

Gute Nacht, John Boy!

LITERATURHINWEISE / BÜCHER ZUM THEMA NR. 1

Axelrod, Lauryn: TV-Proof Your Kids. Secaucus, N.J. 1997
Blockbuster Entertainment (Hrsg.): Guide to Television on Video. New York 1996
Brown, Les: The New York Times Encyclopedia of Television. New York 1977
Buxton, David: From *The Avengers* to *Miami Vice*. Form and Ideology in Television Series. Manchester / New York 1990
Deutsches Rundfunkarchiv (Hrsg.): Fernsehspiele. Tübingen (erscheint jährlich)
Everson, William K.: Klassiker des Horrorfilms. München 1979
Fireman, Judy (Hrsg.): The Ultimate Television Book. New York 1977
Groebel, Jo / Gleich, Uli: Gewaltprofil des deutschen Fernsehprogramms. Opladen 1993
Hembus, Joe (erweiterte Neuausgabe von Benjamin Hembus): Das Western-Lexikon. München 1995
Keller, Harald: Kultserien und ihre Stars. Berlin 1997
Keppler, Angela: Wirklicher als die Wirklichkeit? Das neue Realitätsprinzip der Fernsehunterhaltung. Frankfurt a. Main 1994
Knilli, Friedrich (Hrsg.): Die Unterhaltung der deutschen Fernsehfamilie. Ideologiekritische Kurzanalysen von Serien. München 1971
Kramp, Joachim: Hallo! Hier spricht Edgar Wallace!. Berlin 1998
Kreuzer, Helmut / Prümm, Kurt (Hrsg.): Fernsehsendungen und ihre Formen. Typologie, Geschichte und Kritik des Programms in der BRD. Stuttgart, 1979
McNeil, Alex: Total Television. New York 1997
Miller, Dr. Will: Why We Watch – Killing the Gilligan Within. New York 1996
Nelson, Craig: Bad TV. New York 1995
Nigro, Nicholas J. / Mannion, James: I'm Kirk, He's Stubing. New York 1996
Passingham, Kenneth: The Guinnes Book of TV Facts and Feats. Middlesex 1984
Rogge, Jan-Uwe: Kinder können fernsehen. Hamburg 1990
Scherer, Brigitte / Ganz-Blättler, Ursula / Großkopf, Monika / Wahl, Ute: Morde im Paradies. München 1994
Schneider, Irmela / Thomsen, Christian W. / Nowak, Andreas (Hrsg.): Lexikon der britischen und amerikanischen Serien, Fernsehfilme und Mehrteiler in den Fernsehprogrammen der BRD 1953-1985. Berlin 1991
Unucka, Christian (Hrsg.): Karl May im Film. Hebertshausen 1991
Whitfield, Stephen E. / Roddenberry, Gene: The Making of Star Trek. New York 1968
Wüllenweber, Walter: Wir Fernsehkinder. Eine Generation ohne Programm. Hamburg 1996
Weverka, Robert: The Waltons. New York 1975
Zimmermann, Eduard: Das unsichtbare Netz. Rapport für Freunde und Feinde. München 1970

BILDNACHWEISE

5, „Miß Marple“ (Margaret Rutherford), Cinetext
10, „Das Sandmännchen“, MDR – Mitteldeutscher Rundfunk.
12, „Power Rangers Movie“, action press/Boesl Hubert.
14, „Winnetou – Teil 1“ (Pierre Brice), Cinetext.
15, „Die Sendung mit der Maus“, WDR – Westdeutscher Rundfunk; „Biene Maja“, Kövesdi-Presse-Agentur; „Roby, Toby und das Fliewatüt“, ARD/WDR.
16, „Biene Maja“, Kövesdi.
17, „Wickie der Wickinger“, © 1972 Zuyo, Quelle TaurusFilm; „Pan Tau“ (Otto Simanek), ARD/WDR.
18, „Der rosarote Panther“, Cinetext.
19, „Die Sendung mit der Maus“, WDR; „The Finishing Touch“ (Stan Laurel & Oliver Hardy), Cinetext.
20 „Michel aus Loenneberga“ (Jan Ohlson), © RM ARTS /SVENSK FILM, Quelle TaurusFilm.
26, „Flipper“, Cinetext.
27, „Mister ED“ (Alan Young), Cinetext; „Lassie“ (Jon Provost), Cinetext.
29, „Die Muppet-Show“, action press/Sunshine International.
30, „Daktari“, Cinetext.
31, „Lassie“, Cinetext.
32, „Pippi Langstrumpf“ (Inger Nilson), © 1968 NORD ART, Quelle TaurusFilm.
34, Dolly Buster, Thomas Böhme.
35, „Batman“ (Adam West), Cinetext.
36, „The Munsters“, Cinetext.
37, „Die Waltons“, Cinetext.
38, „Lieber Onkel Bill“, Cinetext; „Die Lindenstraße“, ARD/WDR.
39, „Die Lindenstraße“, (1. Beginnsequenz vor 10 Jahren; 2. Marie-Luise Marjan u. Bill Mockridge) ARD/WDR.
40, „The Munsters“ (1. Butch Patrick; 2. Fred Gwyne), Cinetext .
41, „Fixies-Familie“, Hartmann/Eiler&Riemel Werbeagentur; „DEA-Familie“, DEA AG Hamburg/Jung von Matt.
42, „Rauchende Colts“ (Amanda Blake u. James Arness), Cinetext;
„Die Sesamstraße“, NDR – Norddeutscher Rundfunk.
43, „Fantasy Island“ (Ricardo Montalban u. Herre Villechaize), Cinetext“; „Muppet-Show“, action press/Merchandising.
44, „Die Waltons“ (Richard Thomas), Peter Bischoff.
46, „Am laufenden Band“ (Rudi Carrell), Peter Bischoff.
47, Maren Gilzer, Peter Bischoff; „Der große Preis“ (Wim Thoelke), Peter Bischoff.
48, „Die Miniplayback-Show“ (Mareijke Amado), RTL; „Dalli Dalli“ (Hans Rosenthal), Peter Bischoff.
49, „Am laufenden Band“ (Rudi Carrell), Peter Bischoff.
50, „Bezaubernde Jeannie“ (Barbara Eden), Cinetext.
52, „Star Trek – Raumschiff Enterprise“ (Leonard Nimoy), Cinetext.
53, „Winnetou – Teil 3“ (Ralf Wolter), Cinetext; „Mike Hammer“ (Stacey Keach), Cinetext.
54, „Magnum“ (Tom Seleck), action press/Neil Blincow; „Baywatch“, Merchandising München.
55, „Neues vom Hexer“ (Klaus Kinski), Cinetext.
56, „Derrick“, action press/Manfred Lämmer.
57, „Starsky und Hutch“ (Paul Michael Glaser u. David Soul), Cinetext;
„Tatort – Bis zum Hals im Dreck“ (Eberhard Feik u. Götz George), ARD/WDR.
58, „Miami Vice“ (Don Johnson u. Philip Michael Thomas), action press/Merchandising;
„Der Rächer“, © 1960 Kurt Ulrich Film GmbH, TaurusFilm.
69, „Miß Marple – Mörder ahoi“ (Margaret Rutherford), Cinetext/MGM.
60, „Polizeiinspektion Eins“ (Walter Sedlmayer u. Rosl Mayr), BR; „Petrocelli“ (Barry Newman), Cinetext.
63, Arabella Kiesbauer, Pro Sieben Media AG.
64, Jürgen Fliege, BR/Foto Sessner.
65, „Don Camillo und Peppone“ (Fernandel), Cinetext.
68, „Rauchende Colts“, Cinetext.
69, „Bonanza“, Merchandising München.
70, „High Chaparall“, Cinetext.
71, „Winnetou – Teil 1“ (Lex Barker u. Ralf Wolter), Cinetext; „Die Leute von der Shilo Ranch“, Cinetext.
72, „Winnetou – Teil 1“ (Pierre Brice), Cinetext.
73, „Django – Dein Henker wartet“, Cinetext.
74, „Kojak“ (Telly Savalas), action press/Sipa Press.
76, „Punica“-Indianer, Procter&Gamble; „Muppet-Show“, action press/Merchandising.
77, Kate Moss, Calvin Klein Cosmetics.
78, „Die Sendung mit der Maus“, WDR; „Der 7. Sinn“ (30-Jahre-Jubiläum), ARD/WDR;
„Vorsicht Falle“ (Eduard Zimmermann), Kövesdi.
79, „Der 7. Sinn“, ARD/WDR; „Die Sendung mit der Maus“, WDR.
80, „Vorsicht Falle“ (Eduard Zimmermann), Kövesdi.
83, Barbara Eligman, RTL.
84, „Columbo“ (Peter Falk), Fotorechte nicht ermittelbar.
85, „Night Owls“ (Stan Laurel u. Oliver Hardy), Cinetext.
86, „Baywatch“, Merchandising München.
87, „9 1/2 Wochen“ (Mickey Rourke u. Kim Basinger), Kövesdi.
89, „MacGuyver“ (Richard Dean Anderson), Cinetext/Paramount Pictures.
90, „Kojak“ (Telly Savalas), action press/Sipa Press.
92, „Drei Engel für Charlie“, action press/Retna Pictures LTD..
93, „Kobra übernehmen Sie“, Cinetext.
94, „Magnum“, Cinetext; „Knight Rider“ (David Hasselhoff), action press/Merchandising.
95, „Detektiv Rockford“ (James Garner), Peter Bischoff.
96, „Drei Engel für Charlie“, action press/Retna Pictures LTD..
97, „Ein Colt für alle Fälle“, Cinetext/20th Century Fox; „Ein Colt für alle Fälle“ (Heather Thomas), VOX.
98/99, “MacGuyver“ (Richard Dean Anderson), Cinetext.

102 „Mit Schirm, Charme und Melone" (Diana Rigg), action press/Retna Pictures LTD..
104, „Disco" (Ilja Richter), Cinetext.
106, Kelly Family, Peter Bischoff.
107, „Die Partidge Family", Cinetext; Nana, Peter Bischoff.
108, DJ Bobo, Peter Bischoff; „Tarzan" (Johnny Weissmueller), action press/Retna Pictures LTD..
109, „Der rosarote Panther", Cinetext.
112/114, „Tarzan" (Johnny Weissmueller), action press/Retna Pictures LTD..
116, „Star Trek – Raumschiff Enterprise", action press/Pictorial Press.
118, „Raumpatrouille Orion", © Bavaria Film, Quelle Bavaria Film.
119, „Kampfstern Galactica", action press/Sipa Press.
120, „Flash Gordon" (Buster Crabbe), Cinetext.
121, „Star Trek – 1", action press/Susanne Flöther.
122, „Star Trek – Raumschiff Enterprise" (Nichelle Nichols), Cinetext/Paramount Pictures.
134, „Winnetou und das Halbblut Apanatchi" (Uschi Glas), Cinetext.
135, „Herzblatt" (Hera Lind), Peter Bischoff.
136, Eduard Zimmermann, Peter Bischoff.
138, „Hulk" (Lou Ferringo), action press/Retna Pictures LTD.; „Dracula" (Bela Lugosi), Cinetext; „Frankenstein" (Boris Karloff), action press/All Action.
139, „Akte X" (Gillian Anderson u. David Duchovny), action press/Online USA INC..
140, „Frankenstein" (Boris Karloff), action press/All Action; „Dracula" (Bela Lugosi), Cinetext.
141, „Hulk" (Bill Bixby), Cinetext; „Dracula" (Christopher Lee), Cinetext.
142, „Godzilla und die Riesenkäfer", action press/Cinestar.
144, „Akte X", action press/Hollywood Pix.
145, „Baywatch Nights" (David Hasselhoff), action press/Retna Pictures LTD..
146, „Dr. Stefan Frank – Der Arzt, dem die Frauen vertrauen" (Sigmar Solbach), RTL.
147, „Wenn die prallen Möpse hüpfen", © 1974 Rapid-Film GmbH, TaurusFilm.
149, „Die Waltons", Cinetext.
150, Verona Feldbusch, Peter Bischoff; Dolly Buster, Thomas Böhme.
151, „Star Trek – Raumschiff Enterprise" (William Shatner u. Janice Rand), action press/Pictorial Press.
152, „Baywatch" (Erika Eleniak), Merchandising München.
155, „Pippi Langstrumpf", © NORD ART, TaurusFilm.
156, „Die Schwarzwaldklinik", Cinetext.
157, „Flash Gordon" (Buster Crabbe), Cinetext.
158, „Die Muppet-Show", action press/Stefanie Raulfs; „Derrick" (Fritz Wepper u. Horst Tappert), Cinetext.
160, „Kung Fu" (David Carradine), Peter Bischoff.
162, „Das Gewand", Cinetext.
163, „Gefundenes Fressen" (Heinz Rühmann), © Sentana Film, Quelle Sentana Film.
165, „Hercules" (Lou Ferringo), Cinetext; „Don Camillo und Peppone" (Fernandel), Cinetext.
166, „Kampfstern Galactica", Cinetext.
167, „T.J. Hooker" (William Shatner), action press/All Action.
168, „Star Trek – Raumschiff Enterprise" (James Doohan), Cinetext.

Fotos von Michael Mittermeier: Johannes Kempter
Weitere Fotos: Privatarchiv Mittermeier.

Ullstein Buchverlage GmbH & Co. KG, Berlin
Taschenbuchnummer: 36208

Originalausgabe
3. Auflage November 1998

Umschlaggestaltung: Dirk Cloos

Fotos:
Cover, Action Press – Alle Rechte vorbehalten
Umschlaginnen- und -rückseite, Fotos: Ed Ernst

Printed in Germany 1998
Konzeption und Grafikdesign: Dirk Cloos
Satz: Dirk Cloos / Anne Keller / tiff.any GmbH, Berlin
Druck: Clausen & Bosse GmbH, Leck

ISBN 3 548 36208 7

Gedruckt auf alterungsbeständigem Papier mit chlorfrei gebleichtem Zellstoff